S. Schwendener

Die periodischen Erscheinungen der Natur insbesondere der Pflanzenwelt

Anatiposi

S. Schwendener

Die periodischen Erscheinungen der Natur insbesondere der Pflanzenwelt

Unveränderter Nachdruck der Originalausgabe.

1. Auflage 2023 | ISBN: 978-3-38200-000-4

Anatiposi Verlag ist ein Imprint der Outlook Verlagsgesellschaft mbH.

Verlag: Outlook Verlag GmbH, Zeilweg 44, 60439 Frankfurt, Deutschland
Vertretungsberechtigt: E. Roepke, Zeilweg 44, 60439 Frankfurt, Deutschland
Druck: Books on Demand GmbH, In de Tarpen 42, 22848 Norderstedt, Deutschland

Die periodischen Erscheinungen der Natur

insbesondere

der Pflanzenwelt.

—◦◦◦—

NACH DEN

VON DER ALLGEMEINEN SCHWEIZERISCHEN GESELLSCHAFT

FÜR DIE

GESAMMTEN NATURWISSENSCHAFTEN

VERANLASSTEN BEOBACHTUNGEN,

BEARBEITET

VON

Dr. S. SCHWENDENER.

ZÜRICH,

In Commission bei S. Höhr.

1856.

EINLEITUNG.

Alles organische Leben beruht auf dem Spiele fortwährender Bildung und Entbildung; aber verschieden ist das Verhältniss, in welchem diese beiden Lebensprozesse zu einander stehen, verschieden die Art und Weise, wie sie im Organismus in einander greifen. Während im Kreislauf des thierischen Lebens Bildung und Entbildung als zwei continuirliche Prozesse, neugestaltend und zerstörend zugleich, neben einander auftreten, erscheint uns der Stoffwechsel der Pflanze gebunden an deren periodisches Wechselspiel. Auf eine Hebung im Strome der Lebensthätigkeit, die sich kundgibt in der Bereitung organischer Stoffe, welche die activen Vermittler und Träger alles Lebens sind, folgt hier eine, wenn auch weniger tief eingreifende Senkung, bezeichnet durch die Verbrennung aufgehäuften Kohlenstoffes zu Kohlensäure. Schon die schichtenweise Ablagerung der Zellmembran, die selbst bei Pflanzen von kurzer Lebensdauer sich deutlich wahrnehmen lässt, deutet unverkennbar auf jenes periodische Schwellen des Lebensstromes. Es ist nicht unwahrscheinlich, dass diese Schwingungen der Bildungsthätigkeit mit dem regelmässigen Wechsel von Tag und Nacht in Beziehung stehen, so zwar, dass die neugestaltende, umbildende Kraft ihren Impuls vom Lichte des Tages, die auflösende, rückbildende den ihrigen vom Dunkel der Nacht empfangen würde. Nur müssen dabei noch andere, modificirende Einflüsse mit in Rechnung gebracht werden*). So sehen wir denn, dass schon im Leben der Zelle eine deutlich wahrnehmbare Periodicität sich ausspricht. In der Pflanze, die aus Zellen und Zellcomplexen aufgebaut ist, werden wir sie wieder finden, denn die Frage nach dem Leben der Zelle umfasst das ganze Pflanzenleben. Wenn wir das dem Lichte entgegen-

---

*) Vgl. Braun, die Verjüngung in der Natur, pag. 236. 241.

strebende Stengelchen des keimenden Embryo's immer üppigere Blattformen entfalten sehen, bis das innere Leben in der Bildung der Laubblätter seine erste Höhe erreicht hat; wenn es sodann im Weiterströmen seine sinkende Kraft in der schmächtigern Form des Hochblattes beurkundet, und hierauf in erneuertem Schwunge sich wieder erhebt zu seinem endlichen Ziele, der Blüthe und Frucht, wo es nach wiederholter Hebung und Senkung seinen ruhigen Abschluss findet: so sind dies Alles periodische Erscheinungen, die sich mit jedem Zweige, bald mehr, bald weniger ausgeprägt, wiederholen und mit dem Erwachen der im Saamen schlummernden Kraft in gleichem Verlaufe sich wieder zeigen. Ja selbst innerhalb dieser grössern Perioden, wie sie in den verschiedenen Blattformationen in die Erscheinung treten, können wir wieder den wogenden Gang des vegetativen Lebens erkennen. Sind ja doch die „successive übereinander gebauten Blätter — um mit den Worten eines berühmten Naturforschers zu sprechen — gleichsam die stehen gebliebenen Wellen des in wechselnder Hebung und Senkung, Sammlung und Ausbreitung seinem Ziele zuströmenden Pflanzenlebens".

Die Frage nach den periodischen Erscheinungen im Pflanzenreiche umfasst demnach die ganze vegetative Entwicklung, den ganzen Lebensprozess. In diesem Umfange sind sie jedoch in den folgenden Zeilen nicht aufgefasst. Ich wollte nur diejenigen Erscheinungen in etwas nähere Betrachtung ziehen, welche mit der rotirenden Bewegung der Erde um die Sonne und dem hievon abhängigen Gange der Jahreszeiten in der innigsten Beziehung stehen, welche also auch jene grössern Aufschwungsperioden als verhältnissmässig kleine Wellen aufnehmen in ihren Wogengang. Im Allgemeinen zwar ist diese Beziehung, diese ewig bestehende Harmonie zwischen den Lebenserscheinungen der Pflanze und dem periodischen Wechsel der Jahreszeiten schon längst bekannt und bewundert; aber eine wissenschaftliche Erforschung und Feststellung derselben ist erst in der neuesten Zeit versucht worden. Während der Gang der jährlichen Temperatur in den verschiedensten Breiten durch die Bemühungen der Meteorologen schon seit Jahren so weit erforscht ist, dass die Linien gleicher Sommer-, Winter- und Jahrestemperatur über die ganze Erdoberfläche gezogen werden konnten, ist dagegen bis auf den heutigen Tag zur Erforschung der damit zusammenhängenden Vegetationserscheinungen, wenigstens für Gebirgs- und Alpengegenden, noch verhältnissmässig wenig Material gesammelt. Verschiedene kleinere Reihen von Beobachtungen haben freilich schon Schübler, Berghaus, v. Gasparin, Boussingault u. A.

ihren Untersuchungen zu Grunde gelegt; aber sie beziehen sich entweder auf einige wenige Pflanzen (namentlich Cerealien) oder wurden in nördlicheren Breiten und tiefer gelegenen Gegenden angestellt. Umfassendere Arbeiten haben in neuerer Zeit (1846) Q u e t e l e t für Belgien und D o v e *) für Deutschland geliefert. Dem ersteren haben wir es wohl zu verdanken, dass die belgische Academie sich die Aufgabe stellte, zur gründlichen Erforschung dieses Gegenstandes möglichst viele Materialien zu sammeln und zu diesem Behufe sich auch der Mitwirkung der schweizerischen Naturforscher zu versichern. Waren nun auch die von Quetelet entworfenen Instructionen, welche zur Erzielung grösserer Gleichförmigkeit in den Beobachtungen jedem Beobachter zugestellt werden sollten, für unser Vaterland nicht ganz zweckmässig und durch ihre vielen Forderungen geradezu abschreckend, so brachten sie doch den Gedanken in Anregung, auf diesem Felde, das bisher noch so ziemlich brach gelegen, wenigstens Etwas zu thun; denn ausser der trefflichen Schilderung der Pflanzenwelt des Kantons Glarus von Herrn Professor Heer und den neueren Untersuchungen der Gebrüder Schlagintweit in den Oestreichischen Alpen, ist in der That in der ganzen Literatur Nichts, gar Nichts vorhanden, das über die periodischen Erscheinungen in der Alpenwelt einige Auskunft böte. Es wurden daher von Herrn Professor Heer zweckmässigere Formulare ausgearbeitet und im Namen der Naturforschenden Gesellschaft in verschiedene Theile der Schweiz versendet, wo sich immer Freunde der Naturwissenschaft der Sache annehmen wollten. Wirklich sind in der Folge hie und da die Beobachtungen mit löblichem Eifer aufgenommen worden; allein bald darauf trat leider eine so bedeutende Erschlaffung ein, dass dieselben nur an wenigen Orten mehrere Jahre umfassen, an manchen sogar auf ein einziges Jahr beschränkt sind. Am meisten ist zu bedauern, dass sich für höher gelegene Orte der Alpen, die uns gerade die wichtigsten Aufschlüsse hätten geben können, nur sehr wenige Beobachter finden liessen.

---

*) Abhandlungen der Academie zu Berlin 1844. Dove gibt in seiner Abhandlung „Ueber den Zusammenhang der Wärmeveränderungen der Atmosphäre mit der Entwicklung der Pflanzen" interessante Vergleiche zwischen den Vegetationsverhältnissen verschiedener Jahre und den gleichzeitigen Temperaturen derselben. Er stützt sich dabei namentlich auf Beobachtungen von 1779 bis 1830 in Karlsruhe und weist nach, dass wenn die Temperatur eines kleineren oder grösseren Zeitraumes, eines Monats z. B., über oder unter der m i t t l e r e n Temperatur desselben steht, auch die betreffenden Vegetationserscheinungen um eine entsprechende Anzahl von Tagen früher oder später eintreten, als es im M i t t e l geschieht.

Es sind im Ganzen Verzeichnisse von 32 verschiedenen Ortschaften eingegangen, wovon 24 unter 2000′, 3 zwischen 2000—3000′, 3 zwischen 3800—5000′ gelegen sind und nur eine 5270′ erreicht. Dazu kommen die Angaben von 17 Stationen im Jura, welche der für die Wissenschaft zu früh verstorbene Jules Thurmann, Verfasser des „Essai de Phytostatique", der Naturforschenden Gesellschaft zur Verfügung stellte. Sie beziehen sich alle nur auf das Jahr 1849. — Diese Verzeichnisse, welche Herr Professor Heer mir zu übergeben die Güte hatte, sind der folgenden Abhandlung zu Grunde gelegt. Eine sorgfältige Vergleichung derselben überzeugte mich bald, dass eine verhältnissmässig kleine Zahl von Localitäten als sichere Vergleichungspunkte dienen können, diejenigen nämlich, wo die Beobachtungen sich über wenigstens 3—4 Jahre erstrecken, und so die Bestimmung des angenäherten Mittelwerthes für den Eintritt einer gewissen Erscheinung möglich machen. Sehr wenig massgebend sind dagegen die Angaben — und es sind deren nicht wenige — die nur einen einzigen oder zwei solche Jahrgänge umfassen, die in Beziehung auf den Verlauf der vegetativen Erscheinungen (wie etwa die Jahre 1846 und 1847) bedeutend von einander abweichen. Ein hieraus berechnetes Mittel gibt fast ohne Ausnahme höchst unbefriedigende Resultate und hat in der Regel nicht einmal das Gewicht einer einzelnen Beobachtung, wenn diese in ein ziemlich normal verlaufendes Jahr fällt. Dieser Umstand ist es, auf den ich billige Beurtheiler dieser kleinen Arbeit ganz besonders aufmerksam machen möchte, indem, wie ich hoffe, manche Lücke der Unvollkommenheit, die im Hinblick auf die scheinbare Reichhaltigkeit des Materials auffallen könnte, darin ihre Entschuldigung findet. Bei der Uebernahme der Arbeit träumte ich selbst von symmetrisch verlaufenden Curven, die ich bei der graphischen Darstellung der wichtigsten periodischen Erscheinungen erhalten würde; ich träumte von einem System von Linien, die, eingerahmt auf beiden Seiten von der Curve der Schneeschmelze und des Einschneiens, durch ihre Neigungs- und Distanzverhältnisse das zeitliche Verhalten der vegetativen Erscheinungen unter sich und zur absoluten Höhe recht anschaulich gemacht und in leicht verständlichem Bilde dargestellt hätten, wie das vegetative Leben, unten mit breiter Basis beginnend, nach oben in immer kleinerem Raume seinen Cyclus vollendet. So würde auch ohne Zweifel die graphische Darstellung ausgefallen sein, hätte man die erwähnten Linien nach Mittelwerthen, statt nach einzelnen Beobachtungen, construiren können. Unter den gegebenen Umständen aber mussten sich die geträumten Curven umwandeln in sonderbar verlaufende

Zickzacklinien, die nur in ihrem Totalverlaufe, nicht aber in den einzelnen Biegungen bestimmten Gesetzen zu folgen scheinen. Auf diese Gesetze hinzudeuten, sie hervorzuheben aus dem Labyrinthe scheinbar widersprechender Thatsachen, — das ist der Hauptzweck, den ich bei der Ausarbeitung dieser Abhandlung in's Auge fasste. Habe ich diesen Zweck auch nur annähernd erreicht; habe ich vielleicht Etwas dazu beitragen können, hie und da in einem etwas gleichgültig gewordenen Beobachter frischen Eifer zu wecken, oder für die gute Sache der Wissenschaft neue Arbeiter zu gewinnen, so wäre dies immerhin eine Errungenschaft, die mich nicht wenig freuen würde.

Die periodischen Erscheinungen der Natur, insbesondere der Pflanzenwelt.

Unsere höchsten schweizerischen Gebirge liegen Jahr aus Jahr ein unter dem eisigen Mantel ewigen Schnee's. Kein grünender Pflanzenteppich schmückt diese öden Höhen der Eisregion, wo alle Pfeile der Sonne erfolglos abzuprallen scheinen; kaum dass spärliche Flechten und Moose, angeklammert an einsame Felsenhäupter, die ihre kahlen Scheitel emporheben über unabsehbare Firnen, ein kümmerliches Leben fristen [1]. — Etwas tiefer unten, in der Region, die in der Sprache der Wissenschaft die subnivale heisst, schwindet auf einige Zeit das umhüllende Winterkleid, und ein saftiges, liebliches Grün, durchwoben vom dunkeln Blau kleiner Gentianen, dem freundlichen Roth der Gletscher-Aretien und den hellern Farben stengelloser Cerastien, folgt, gepflegt und gezeitigt von den wärmenden Strahlen der Sommersonne, auf das einförmige Weiss des Winters. Schnell strömen dann die Lebenssäfte in der kleinen, freundlichen Florula, die mit ihrem grünen Rasenteppich sich wie ein weiches Kissen über die Felsen breitet; denn die Frucht, die das Fortbestehen der Spezies sichert, soll zur Reife gelangen, ehe der tödtende Hauch des bald wiederkehrenden Winters alles Leben vernichtet. Oft freilich erhascht ein frühzeitiger Frost das zarte Leben noch vor seinem Ziele; dann hat die vorsichtige Natur die Erhaltung der Art in der Sprosskraft dicker, holziger Wurzeln gesichert. — Steigen wir jetzt herunter in die Region der Alpenweiden, dann, dem Verlaufe der Thäler folgend, immer tiefer und tiefer, bis in den ebneren Theil unseres Vaterlandes, so sehen wir die Zeit des latenten Lebens in beständiger Abnahme, die Vegetationszeit dagegen und mit ihr den Reichthum der Flora in stetem Wachsen begriffen, bis jene in tiefer gelegenen Gegenden wohl $^3/_4$ des Jahres umfasst. Zugleich treten die vegetativen Erscheinungen weiter aus einander. Während in den höheren Regionen der Alpen Schneeschmelze, Bodengrün und Entfaltung der Blüthen unmittelbar auf einander folgen, ja oft sogar einige Alpenpflanzen die dünner gewordene Schneedecke durchbrechen, werden in tieferen Gegenden diese Frühlingsphänomene Wochen, ja Monate lang auseinandergehalten. Hier muss nämlich, bei dem ganz allmäligen Steigen der Temperatur, die ungleiche Empfindlichkeit der Pflanzen für die Wärme sich äussern durch frühere oder spätere, langsamere oder schnellere Entwicklung, so dass im Eintritt der gleichen Erscheinung an ver-

---

[1] Durch diese allgemein gehaltene Schilderung wird natürlich das Vorkommen phanerogamischer Pflanzen in der Schneeregion nicht in Abrede gestellt. Es ist Thatsache, dass einige Alpenpflanzen, wie Silene acaulis, Cherleria sedoides, Cerastium latifolium L., Androsace glacialis und helvetica, Gentiana imbricata u. v. a. oft bis über 11,000' hinaufsteigen.

schiedenen Pflanzen eine bestimmte Reihenfolge wahrgenommen wird. In den Alpen, wo die Schneeschmelze durchschnittlich bei etwas höherer Temperatur eintritt und wo ohnehin das Wiedererwachen der Lebensthätigkeit schon durch die Erdwärme veranlasst wird, werden jene Differenzen so ziemlich aufgehoben. Diese Abnahme der Zeitunterschiede, die wir hier bei der Betrachtung des nämlichen Phänomens an verschiedenen Pflanzen von unten nach oben eintreten sehen, zeigt sich nicht minder im zeitlichen Verhalten verschiedener Erscheinungen an der nämlichen Pflanze. Immer schneller erfolgt z. B. mit steigender Höhe auf das erste Ausschlagen der Bäume die volle Belaubung, schneller aber auch im Herbste auf die Entfärbung der Blätter deren vollständiger Abfall. Nur die Dauer der Fruchtreife folgt, weil abhängig von einem bestimmten Quantum der Wärme, dem umgekehrten Gesetze. Sie nimmt von unten nach oben zu und kommt in den hohen Regionen kaum noch vor dem Eintritt der herbstlichen Fröste zum Abschluss.

Kehren wir jetzt noch einmal zurück zur oben erwähnten Empfindlichkeit der Pflanze für die Wärme. Wenn wir im Winter die Bäume, in Uebereinstimmung mit der umgebenden Natur, kahl und öde dastehen sehen, drängt sich uns fast unwillkürlich der Gedanke auf, der gebundene Zustand des Pflanzenlebens sei weiter Nichts, als die nothwendige Folge der niedern Temperatur. Wer aber schon Gelegenheit hatte, die nämlichen Bäume in wärmerem Klima, wo ein ewiger Frühling herrscht, in ihrer Winterruhe zu erblicken, wird hingewiesen auf eine individuelle Lebenskraft, vermöge welcher die nordischen Pflanzen, die baumartigen wenigstens, auch in anderen Himmelsstrichen eine gewisse Unabhängigkeit behaupten. So sah Herr Professor Heer auf Madeira unsere Obst- und Waldbäume während des Winters, inmitten tropischer Blüthenwelt, entlaubt oder doch mit verdorrten Blättern dastehen; nur war die Zeit latenten Lebens um einige Wochen kürzer, als in ihrer mehr nördlichen Heimath. Ein gewisses Minimum der Winterruhe ist demnach in unseren Breiten unabweisbares Bedürfniss der Pflanze. Ist dies Bedürfniss befriedigt, so folgt dieselbe den Einflüssen der Temperatur. Wären uns die Grenzen dieser letzteren bekannt, innert welchen eine gewisse Pflanze zu leben im Stande ist; wüssten wir, wo ihre Bildungsthätigkeit ein Maximum, wo sie ein Minimum erreicht und in welchem Verhältniss sie mit der Temperatur steigt und fällt, so wäre der Grund zu einer ächt wissenschaftlichen Erforschung der Vegetationserscheinungen gelegt, und wir könnten diese wohl bald mit mathematischer Schärfe als eine Funktion der Wärme darstellen, welche der Pflanze zu Gute kommt[1]). Bei dem gegenwärtigen Stande der Wissenschaft müssen wir uns jedoch begnügen, die allgemeinen Beziehungen der vegetativen Entwicklung zur Temperatur der umgebenden Luft auszumitteln und durch möglichst viele Beobachtungen die Fehler annähernd auszumerzen, welche einerseits durch Unkenntniss der oben angeführten Verhältnisse, andererseits durch

---

[1]) Neben der Wärme sind freilich noch andere Momente zu erwähnen, welche auf den Vegetationsprocess den erheblichsten Einfluss äussern, so die Feuchtigkeit der Luft, die direkte Einwirkung des Sonnenlichtes, ja sogar der atmosphärische Druck etc. Da indessen alle diese Einflüsse an einem bestimmten Punkte ziemlich constant und ohnehin von untergeordneter Bedeutung sind, so dürfen sie im Gegensatze zur Variabeln der Temperatur als Constante angesehen werden, deren absoluter Werth für einen gegebenen Ort durch Beobachtung zu bestimmen wäre. — In den Tropen ist das Verhältniss umgekehrt: die Temperatur zeigt kleine, die atmosphärische Feuchtigkeit sehr grosse Schwankungen. Von dieser letzteren als Variabeln hängt das Gedeihen der Vegetation ab.

Nichtbeachtung anderer influenzirender Umstände, wie z. B. der Insolation, Bodenwärme, Boden-beschaffenheit etc., nothwendig herbeigeführt werden. Man sieht, es ist hier noch ein weites Feld zur Bearbeitung offen. Für die Schweiz ist es gegenwärtig vollends unmöglich, auf diesem Gebiete etwas Gediegenes zu leisten; denn wir besitzen noch sehr wenig Thermometerbeobach-tungen von höher gelegenen Orten und sind daher vorläufig gezwungen, bei der Ausmittlung der Vegetationsverhältnisse die Höhe in den Vordergrund zu stellen. Für die folgende Arbeit standen mir mehrere Jahre umfasse nde Verzeichnisse über den Gang der Temperatur, nebst gleichzeitigen Beobachtungen über die Erscheinungen in der Pflanzenwelt, bloss von Zürich, Nufenen und Bevers zu Gebote, und doch wäre gerade die Kenntniss der mittleren Temperatur, die bei gleicher Höhe, je nach der Richtung der Thäler, den herrschenden Winden etc. auf jeden Fall ziemlich verschieden ausfallen würde, von der grössten Wichtigkeit.

Nach diesen Vorbemerkungen ge he ich nun über zur Sache selbst. Der Uebersicht wegen habe ich die in die Verzeichnisse aufgenommenen periodischen Erscheinungen in Frühlings-, Sommer- und Herbstphänomene eingetheilt, ohne indessen auf deren Abgrenzung irgend welchen wissenschaftlichen Werth zu legen.

I. Frühlingsphänomene.

Unter den Frühlingserscheinungen steht oben an die Schneeschmelze. Im ebneren Theile der Schweiz kann zwar in den meisten Jahrgängen von keiner andauernden Schneedecke, daher auch von keiner Schneeschmelze die Rede sein, indem der im Winter fallende Schnee gewöhnlich zeitweise wieder schmilzt und nur selten zwei his d rei Monate eine continuirliche Decke bildet; in höheren Gegenden aber breitet der Winter schon im Spätherbste seinen schützenden Mantel über die Erde und hält sie dauernd umhüllt his zur Wiederkehr wärmerer Tage. Es schneit hier im eigentlichen Sinne des Wortes ein und wird im Frühling wieder »aber«, und je höher wir steigen, desto weiter rücken diese heiden Erscheinungen auseinander, his endlich in der Region des ewigen Schnees die Dauer der Schneedecke das ganze Jahr umfasst. Man hat die untere Grenze dieser Region durch direkte Messung zu bestimmen gesucht, ist jedoch auf diesem Wege zu keinem befriedigenden Resultate gelangt. Da nämlich der Schneemantel nach unten zu keineswegs gerade abgeschnitten ist, sondern mannigfache Ausbuchtungen und Zerfetzungen zeigt, indem er je nach der Neigung des Bergabhanges und dessen Lage zur Sonne his zu sehr verschiedenen Höhen nach unten vordringt, so können an bestimmten Punkten ausgeführte Messungen wegen der grossen Differenzen in den Resultaten keine allgemeine Bedeutung haben. Gerade die Bestimmung der mittleren Dauer der Schneedecke für verschiedene Höhen, also des Zeitabschnittes vom Einschneien bis zur Schneeschmelze, dürfte nun aber ziemlich sicher zum Ziele führen. Haben wir nämlich durch Vergleichung vieler Angaben über die mittlere Dauer der Schneezeit das Verhältniss gefunden, in welchem sie nach oben zunimmt, so lässt sich durch Rechnung der Punkt hestimmen, wo sie das ganze Jahr umfassen muss. Leider sind bisher Beobachtungen von bedeutendem Umfange, die eine ziemliche Annäherung an den wahren Mittelwerth möglich machen, nur an wenigen Orten angestellt worden, und so bleibt denn die genaue Fixirung der Schneelinie für einstweilen noch ein ungelöstes Problem. Einige Zahlenverhältnisse, welche angenäherte Mittelwerthe, zum Theil aus einer grösseren Reihe von Jahren, darstellen, finden sich in folgender Tabelle übersichtlich zusammengestellt, und um noch einen weitern Vergleichungspunkt zu gewinnen, sind auch die extremen Schneefälle hinzugefügt worden.

Orte und ihre absol. Höhen[1]).	Erster Schnee.	Ein- geschneit.	Schnee- schmelze.	Letzter Schnee.	Dauer der Schnee- decke in Tagen.	Zeit innert welcher Sch. fällt.	Differenz auf 1000'.
Aarau 1128' (33 Jahre)	10. Nov.	13. Dec.	2. Febr.	11. April.	51	152	32,3	0 (29)
Schaffhausen 1222'	18. Nov. (3)	—	15. Febr. (2)	15. Apr. (2)	—	148	—	— (30,8)
Lenzburg 1234'	7. Nov. (29)	—	28. Febr. (17)	17. Apr. (23)	—	161	—	84,9 (31,7)
Zürich 1270'	12. Nov. (3)	14. Dec. (2)	—	16½ Apr. (6)	—	155½	—	24,6 (29,1)
Frauenfeld 1290'	20. Nov. (2)	—	—	—	—	—	—	—
Marbach 1300'	24. Nov. (2)	12. Dec. (1)	—	—	—	—	—	—
Mettmenstetten (1460')	10. Nov. (2)	20. Nov. (1)	4. März (2)	18. Apr. (2)	104	159	21,3	21 (29,7)
Glarus 1400' (45 Jahre)	25. October.	1. Dec.	17½ März.	24½ Apr.	107½	182½	20,1	100 (23,2)
Bibern 17—1800'	12. Nov. (2)	—	10. Febr. (2)	18. Apr. (1)	—	[157]	—	—
Menzingen 2480'	24. Oct. (2)	30. Nov.	25. März (1)	22. Apr. (2)	115	180	25	20,7 (33)
Nufenen 5000'	14. Sept. (2)	7. Nov. (2)	15. Apr.) 17. Mai }(2)[2] 5. Juni)	18½ Mai (2)	159 191 M. 186 210	246	—	24,2 (90)
Bevers 5270'	5. Sept. (5)	6. Nov. (8)	11. Mai (8)	5. Juni (5)	186	273	0	29 0

Es wäre nun freilich gewagt, auf diese lückenhaften Angaben hin allgemeine Gesetze aus- zusprechen, wenn auch das Steigen der Tageszahl, durch welche die Dauer der Schneezeit ausgedrückt ist, beim Durchgehen der Stationen von unten nach oben gleich in die Augen fällt. Einige Vergleichungen aber, die wenigstens andeuten sollen, wie man auf diesem Wege zu allgemeinen Gesetzen kommt, dürften immerhin hier am Platze sein. — Es ist natürlich nicht gleichgültig, welche Orte wir in Beziehung auf die Dauer der Schneedecke als Vergleichungs- punkte wählen. Im vorliegenden Falle könnten wir z. B. alle sechs hieher gehörigen Angaben so mit einander vergleichen, dass wir aus je zweien die Zunahme der Dauer auf 1000' bestimmen, und aus den erhaltenen Zahlen das arithmetische Mittel ziehen würden. Man sollte auch meinen, auf diese Weise müsste der gesuchte Mittelwerth ziemlich genau ausfallen, da die Rechnung auf 15 verschiedene Angaben sich stützen könnte (15 ist die Zahl der Combinationen von 6 Elementen

[1]) Alle hier und in der Folge gegebenen Höhenangaben sind aus Zieglers Hypsometrie der Schweiz ent- nommen. Sie sind in Pariserfussen ausgedrückt. — Die neben dem Datum in (—) stehenden Ziffern bezeichnen die Anzahl der Jahre, in welchen die betreffende Erscheinung beobachtet wurde.

[2]) Diese drei Angaben beziehen sich in der angegebenen Reihenfolge auf die sonnigen Halden, den Thal- grund und die Schattenseite.

zu je 2). Dem ist aber keineswegs so. Es kommen bei tiefer gelegenen Punkten der Alpen so viele locale Unregelmässigkeiten vor, dass ihre Vergleiche zu höchst schwankenden Resultaten führen und durchaus keine allgemein gültigen Schlüsse auf die Zunahme der Tageszahl mit der Höhe erlauben. Man geht viel sicherer, wenn man sich auf d i e Zahlen beschränkt, welche durch Vergleichung der niedersten Punkte mit den höchsten, oder auch der höheren unter sich, gefunden werden. Dieses Verfahren wurde bei Berechnung der Differenzen auf 1000′, die sich in den beiden letzten Colonnen verzeichnet finden, innegehalten. Als Vergleichungspunkt (0) in Beziehung auf die Dauer der Schneedecke wird am passendsten Bevers gewählt; denn die Angabe von Aarau, obwohl das Mittel von 33 Jahren, verdient wegen der Schwierigkeit genauer Beobachtungen in der ebneren Schweiz kaum unser volles Vertrauen. Mit Bevers verglichen geben nun die verschiedenen Orte die in der Tabelle angegebenen Differenzen, die also den Unterschied in der Dauer der Schneedecke auf 1000′ Höhe in Tagen bezeichnen. Das arithmetische Mittel dieser Differenzen, das wir als den angenäherten Ausdruck eines allgemeinen Gesetzes betrachten können, beträgt 24,7 Tage; d. h. in den Alpen haben wir auf je 1000′ Erhebung eine Verlängerung der Schneezeit von 24,7 Tagen. Vertheilen wir dieselben gleichmässig auf Frühling und Herbst, respective auf die Bildung der Schneedecke und den Eintritt der Schneeschmelze, so ergibt sich auf 1000′ Höhe ein Unterschied von 12,35 Tagen, was mit der Verspätung der Frühlingsphänomene im Allgemeinen, wie wir bald sehen werden, ziemlich übereinstimmt. Dabei ist aber nicht zu vergessen, dass unser Mittel eben aus dem Vergleich von nur 6 Stationen hervorging, wovon nur zwei die Höhe von 5000′ und darüber erreichen; dass es daher eigentlich nur für die Hügel-, Berg- und subalpine Region Geltung haben kann. Für grössere Höhen (und bei ausgedehnteren Beobachtungen wahrscheinlich auch für ganz niedere) würden wir sicher, wenn uns Verzeichnisse darüber zu Gebote stünden, bedeutend stärkere Zahlen erhalten, was auch schon aus dem ersten Versuch, den wir zur Fixirung der Schneegrenze aus dem gefundenen Verhältnisse anstellen, deutlich hervorgeht. Berechnen wir nämlich, von Glarus ausgehend, wo die Schneedecke nach einem Mittel ven 45 Jahren 107½ Tage anhält, die Höhe, wo sie das ganze Jahr andauern muss, so erhalten wir nicht weniger als 11825′, eine Zahl, die — wenn sie richtig wäre — unseren Alpen den Charakter eines viel südlicheren, beinahe subtropischen[1]) Gebirges verleihen würde!

Etwas abweichende Resultate geben die Verzeichnisse aus dem Jura, welche die Dauer der Schneedecke für den Winter 18$\frac{49}{50}$ folgendermassen angeben:

Orte.	Höhen in Par. Fuss.	Dauer der Schneedecke.	Differenzen.	Differenzen auf 1000′ No. 5 = 0	Differenzen auf 1000′ zwischen je 2.
1) Montbéliard	960′	34 Tage	0	34,23	
2) Béfort	1100′	37	3	34,99	21,4
3) Court	2038′	80	46	26,13	45,83
4) Cortébert	2216′	85	51	25,77	28,09
5) Les Bois	3186′	110	76	0	25,77
				Mittel = 30,28	30,27

[1]) Im Nanling (S. China) und am Südabhang des Himâlaya erreicht die Schneelinie die Höhe von 11500 bis 11700′, im Hindukuh 12200′. An manchen andern subtropischen Orten mit ausgeprägterem Continentalklima steigt sie freilich bis 13000′ und darüber.

Hier finden wir also auf eine Höhe von 1000' einen Zeitunterschied von 30,27 Tagen, oder — auf Frühling und Herbst vertheilt — von 15,14 Tagen; ein Resultat, das von dem oben gefundenen um 5½ (resp. 2¾) Tag abweicht. Es ist dies um so auffallender, als man aus der Vergleichung der Temperaturabnahme in den Alpen und dem Jura, die bei jenen 1° C auf 540'[1]), bei diesem 1° C auf 615'[2]) beträgt, gerade das umgekehrte Verhältniss hätte erwarten dürfen: bei gleichen Höhendifferenzen eben so gut eine geringere Verschiedenheit in der Dauer der Schneedecke, als ein kleinerer Unterschied in der mittlern Temperatur. Solche Widersprüche fallen nothwendig auf Rechnung von Eigenthümlichkeiten, die entweder den betreffenden Jahrgängen, oder den zur Vergleichung benutzten Stationen, oder beiden miteinander zuzuschreiben sind. Im gegebenen Falle wäre es wohl wegen der Unvollständigkeit der Beobachtungen, aus welchen das gefundene Gesetz hervorging, nicht der Mühe werth, auf einem andern Wege eine Lösung zu versuchen.

Kehren wir jetzt noch einmal zurück zu den Alpen. Die Vergleichung der extremen Schneefälle in verschiedenen Höhen führt uns zu allgemeinen Schlüssen über das Verhältniss, in welchem der Zeitraum möglicher Schneefälle mit der absoluten Höhe zunimmt. Es sind in der letzten Rubrik die Differenzen auf 1000' Höhe berechnet, wie sie durch Vergleichung der höheren Stationen mit Aarau gefunden worden. Da die Zeit der extremen Schneefälle auch in der ehneren Schweiz eine genaue Bestimmung zulässt, die oben erwähnten Bedenken also wegfallen, so konnte diesmal Aarau füglich als Nullpunkt angesehen werden. Es sind übrigens auch die aus dem Vergleich mit Bevers abgeleiteten Resultate in Parenthesen hinzugefügt worden. Das arithmetische Mittel der erhaltenen Differenzen ist für Aarau = 0 4,35 Tage, für Bevers = 0 37 Tage. Soviel beträgt also durchschnittlich die Verlängerung des Zeitraumes möglicher Schneefälle auf 1000' Erhebung; auf Frühling und Herbst vertheilt etwa 19—22 Tage. Da dies Resultat aus einer grösseren Reihe von Angaben hervorging, als das vorhin für die Schneedecke gefundene, so hat es auch ein um so grösseres Gewicht. In welchem Verhältniss aber die beiden wahren Mittel zu einander stehen, ob sie wirklich einen so grossen Unterschied zeigen, wie wir ihn hier gefunden haben, bleibt so lange dahingestellt, bis neue, ausgedehntere Beobachtungen zur Verfügung stehen.

Für die Höhenscala vom Bodensee bis zur Säntisspitze sind solche Beobachtungen von sehr bedeutendem Umfange vorhanden und von Herrn Ingenieur H. H. Denzler in einer Abhandlung über »die untere Schneegrenze während des Jahres vom Bodensee bis zur Säntisspitze«[3]) auf gründliche Weise, aber nach einem andern Gesichtspunkte, bearbeitet worden. Der Verfasser hat nämlich mit grosser Sorgfalt die untere Grenze des Schnee's für alle Tage im Jahre nach einem Mittel von 30 Jahren (1821—1851) berechnet und sodann aus den gefundenen Resultaten Schlüsse gezogen, die für die Meteorologie von grösster Bedeutung sind. Es sei mir erlaubt, diese Resultate, die in 4½ Bogen umfassenden Tabellen niedergelegt sind, nun auch für den hier zu verfolgenden Zweck zu benutzen. Aus der gegebenen Höhe der Schneelinie für alle

---

[1]) Nach Schlagintweit, Untersuchungen über die physikalische Geographie der Alpen pag. 339.

[2]) Nach Thurmann, Essai de Phytostatique 1849, pag. 48.

[3] Neue Denkschriften der allg. schweiz. Gesellschaft für die gesammten Naturwissenschaften, XIV (1855).

Tage im Jahre kann nämlich die Zeit, während welcher ein Punkt mit Schnee bedeckt ist, mit leichter Mühe abgeleitet werden. Die absoluten Zahlen, die man auf diesem Wege erhält, werden zwar nicht die nämlichen sein, die man auch durch Beobachtungen über die Schneeschmelze und Bildung der Schneedecke erhalten würde, indem hier die Bewegungen der Schneegrenze bei Schneefällen im Sommer natürlich mit eine Rolle spielen; dagegen ist anzunehmen, dass hinsichtlich des Steigens der Tageszahlen sich annähernd dasselbe Verhältniss herausstelle, das auch aus Angaben über den Eintritt der Schneeschmelze und die Bildung der Schneedecke hervorgehen würde. — In folgender Uebersicht sind die aus oben erwähnten Tabellen abgeleiteten Mittel zusammengestellt.

In der angegebenen Höhe ist der Boden mit Schnee bedeckt[1]:

Im:	Bei 2000'	2500'	3000'	3500'	4000'	4500'	5000'	5500'	6000'	6500'	7000'	7500'
Januar	Tage 31	31	31	31	31	31	31	31	31	31	31	31
Februar	„ 28	28	28	28	28	28	28	28	28	28	28	28
März	„ 2	31	31	31	31	31	31	31	31	31	31	31
April	„ —	5	22	30	30	30	30	30	30	30	30	30
Mai	„ —	—	—	1	18	27	31	31	31	31	31	31
Juni	„ —	—	—	—	—	—	—	8	18	28	30	30
Juli	„ —	—	—	—	—	—	—	—	—	—	2	31
August	„ —	—	—	—	—	—	—	—	—	—	—	21
September	„ —	—	—	—	—	—	—	—	—	13	26	30
October	„ —	—	—	—	—	3	13	17	25	31	31	31
November	„ —	—	13	23	29	30	30	30	30	30	30	30
December	„ 5	26	31	31	31	31	31	31	31	31	31	31
Jahr	„ 66	121	156	175	198	211	225	237	255	284	301	355

Differenzen auf 1000' zwischen je 2 Stationen.

110	70	38	46	26	28	24	36	58	34	108
F 68	F 34	F 18	F 34	F 18	F 8	F 16	F 20	F 20	F 8	F 66
H 42	H 36	H 20	H 12	H 8	H 20	H 8	H 16	H 38	H 26	H 42

Die in der Tabelle angegebenen Differenzen (oder auch die graphische Darstellung, s. die Tafel) lassen uns sowohl das Steigen der Tageszahl mit der Höhe im Allgemeinen, als auch die wichtigsten Modificationen desselben in verschiedenen Höhen überblicken. Die stärkste Zunahme findet von 2000—2500, eine etwas schwächere, aber immer noch sehr bedeutende, von 2500 bis 3000 und von 7000—7500 Fuss statt, also in der Berg- und subnivalen Region. In beiden beträgt die Verlängerung der Schneezeit auf 1000' Höhe circa 100 Tage. Ein schwaches und dabei ziemlich gleichförmiges Steigen fällt in die Höhe von 4000—5500', also in die subalpine Region (Heer); hier kommt auf 1000' Höhe nur ein Zeitunterschied von 25½ Tagen, ungefähr ein Viertel der obigen Zahl. Das arithmetische Mittel aus allen Differenzen, mit Ausschluss der

---

[1] Die in den Tabellen von Herrn Denzler verzeichneten „Trübungen" wurden nicht berücksichtigt.

NB. Die Buchstaben F und H im Verzeichniss der Differenzen bedeuten Frühling und Herbst; die dabei stehenden Zahlen beziehen sich nämlich auf die Schneeschmelze und das Einschneien, wovon die erstere aus der obern, das letztere aus der untern Zahlengruppe berechnet werden kann.

ersten, die gar zu sehr abweicht, ist 43 Tage, ein Resultat, das speciell auch für die untere Alpenregion Heg. [3000—4000' : 42^2,$_3$ $^0/_{00}$ [1])] und für Heer's alpine Region (5500—7000' : 42 $^0/_{00}$) Geltung hat. Werden nur die Höhen von 3000 — 7000' in Betracht gezogen, so sinkt dieser Unterschied auf $36^1/_4$ $^0/_{00}$, welche letztere Ziffer wohl eher als erstere die Bedeutung eines wahren Mittels beanspruchen darf. Auf Frühling und Herbst vertheilt ergibt sich demnach ein Zeitunterschied von 21,5 $^0/_{00}$; genauer erhalten wir ihn durch direkte Berechnung aus der Tabelle (F. H.) : $19^1/_2$ $^0/_{00}$ für die Schneeschmelze (mit Ausschluss der 2 Extreme), 20,44 $^0/_{00}$ für die Bildung der Schneedecke. Frühling und Herbst nehmen somit annähernd gleichen Antheil an der Verlängerung des Winters in grösseren Höhen. Werden aber die beiden extremen Werthe in F und H mit in Berechnung gebracht, so übersteigt die mittlere Frühlingsdifferenz diejenige des Herbstes beinahe um 4 $^0/_{00}$. Im Gang der einzelnen Differenzen von 500 zu 500' sehen wir übrigens so bedeutende Schwankungen eintreten, dass wir uns des Zweifels kaum entschlagen können, ob nicht die Ursache dieses unregelmässigen Verlaufes weniger in die Natur selbst zu verlegen sei, als in die ungleiche Genauigkeit, mit welcher der Beobachter gleiche Höhenunterschiede (500') in verschiedenen Höhen bestimmt haben mochte. Darauf scheint wenigstens der Umstand hinzudeuten, dass die in den beiden Reihen F H enthaltenen Unterschiede hie und da alternirend gross und klein sind (z. B. 34, 18, 34, 18), und dass, wenn nur die geraden Tausende der Höhenangaben zur Vergleichung benutzt werden, sich bedeutend kleinere Schwankungen herausstellen. Sei dem, wie ihm wolle, die graphische Construction führt uns immerhin zu ziemlich regelmässig verlaufenden Curven, und es darf mit Sicherheit behauptet werden, dass bei einer noch grösseren Reihe von Beobachtungsjahren auch die noch vorkommenden Biegungen sich beträchtlich verwischen würden. Als wesentliche Eigenschaften der Curve, welche die Dauer der Schneedecke darstellt, scheinen jedoch zwei Maxima und ein Minimum der Abweichung von der Verticalen, entsprechend der grössten Differenz in der untersten und obersten und der kleinsten in der subalpinen Region, übrig zu bleiben. Vielleicht gelten aber auch diese Eigenschaften nur für das Höhenprofil vom Bodensee bis zur Säntisspitze und fallen unter andern Umständen, z. B. bei Längenthälern, welche in der Richtung hoher Gebirgsketten, die sie umgeben, allmälig ansteigen bis 6000' und darüber, theilweise weg oder werden wenigstens modificirt. Ja man möchte sogar a priori behaupten, die grossen Schneemassen in höheren Regionen müssten ein immer langsameres Fortschreiten der Schneeschmelze bedingen, insofern nicht besondere Ursachen modificirend eingreifen. Dass das Höhenprofil einen wesentlichen Einfluss auf die Neigung der Curve ausübt, beweist schon die Verschiedenheit des hier gefundenen Mittels von dem für die Schweiz im Allgemeinen berechneten. Mögen auch in Beziehung auf letzteres die Jahrgänge, in welche die Beobachtungen fallen, bei der so geringen Zahl derselben bedeutend influenzirt haben; ein grosser Theil dieser Verschiedenheit fällt jedenfalls auf Rechnung localer Eigenthümlichkeiten, die bei der so verschiedenartigen Lage unserer Stationen nothwendig in hohem Grade vorkommen müssen. Denn es ist nicht zu übersehen, dass auch die aus den mehrjährigen Mitteln von Aarau, Glarus und Bevers abgeleiteten Differenzen von den hier gefundenen

---

[1]) Zur Vermeidung von Wiederholungen werde ich mich in der Folge immer dieses Zeichens bedienen, um die Verzögerung zu bezeichnen. 42 $^0/_{00}$ bedeutet also: 42 Tage auf 1000'.

bedeutend abweichen. — Dem eigenthümlichen Profil des Säntis muss namentlich das ungewöhnlich rasche Steigen der Tageszahl von 7000—7500' zugeschrieben werden. In dieser Höhe hat nämlich der ganze Gebirgsstock nur eine kleine horizontale Ausdehnung, und es ist sicher, dass bei andern massenhafteren Gebirgen der Schweiz die Schneelinie bedeutend weiter hinauf gerückt ist, als sie, nach der Tabelle zu schliessen, beim Säntis zu liegen kommt. Wir können auch mit einiger Wahrscheinlichkeit die Höhe der Schneegrenze für den Fall bestimmen, wo die besondere Ursache jener raschen Zunahme in der subnivalen Region wegfällt. Mit der mittleren Neigung von 36,25 %, wie wir sie oben gefunden haben, würde nämlich die die Dauer der Schneedecke bezeichnende Linie in der graphischen Darstellung, ausgehend von 3000', den ganzen Raum eines Jahres in einer Höhe von 8760' durchlaufen haben, oder ausgehend von 4000', in einer Höhe von 8600'. Wie man sieht, bedarf es nur einer sehr kleinen Biegung nach rechts, um diese Höhe mit den Ergebnissen der Messung in Einklang zu bringen.

Daher ist, um das Gesagte kurz zusammenzufassen, das Steigen der Tageszahl um 36 % das in den Alpen normal vorkommende Verhältniss, das aber je nach der Natur der Höhenprofile mannigfachen localen Störungen unterworfen ist. Mittlere Regionen scheinen fast durchschnittlich durch kleine Differenzen sich auszuzeichnen (24—25 %); niedere sind wohl immer, hohe in manchen Fällen durch überraschend grosse charakterisirt. Der Zeitraum möglicher Schneefälle nimmt ungefähr in gleichem Verhältniss mit der Höhe zu. Für den Jura müssen wir zum oben gefundenen Mittel (30,3 %) wahrscheinlich noch die kleine Correction von 1,5 Tagen hinzufügen, so dass das normale Verhältniss durch 31,8 % ausgedrückt wird. Dann stehen die beiden Zahlen im gleichen Verhältniss, wie die Temperaturabnahmen:

$$31,83 : 36,25 = 540 : 615.$$

Ehe ich nun zu den Erscheinungen in der Pflanzenwelt übergehe, sei in Kürze noch der letzten Fröste Erwähnung gethan, die für die Kultur von so grosser Bedeutung sind. Ich beschränke mich darauf, diejenigen Angaben hervorzuheben, denen eine grössere Beobachtungsreihe zu Grunde liegt; alle andern sind viel zu unsicher, als dass man sie irgendwie als Ausdruck eines allgemeinen Gesetzes betrachten könnte. So fällt z. B. in Schaffhausen, wie in Lohn, das doch um 700' höher liegt, der letzte Frost nach einem Mittel von 3 Jahren auf Ende April; auf den gleichen Tag fällt er auch in Opfershofen, das circa 500' über Schaffhausen liegt. Dagegen stellt sich für Frauenfeld (mit 1290' a. Höhe) im Durchschnitt von 3 Jahren der 3. Mai als der Tag des letzten Frostes heraus; ebenso für Winterthur, wo sogar ein späterer, schwächerer Reif auf den ersten Mai fällt. Nicht weniger überraschend ist die Angabe von Lenzburg (s. Hofmeister, Untersuchungen über die Witterungsverhältnisse v. L.), wo der letzte Reif im Durchschnitt von 21 Jahren auf den 26. Mai fällt. Solche Extreme können nur durch die verschiedene Auffassung der Beobachter erklärt werden, indem einige auch die schwache Reifbildung auf feuchten, tiefer gelegenen Wiesen als letzten Frost notirt haben mögen. Für Höhen von 2000 bis 3800' schwanken die wenigen Angaben, die vorliegen, zwischen Ende Mai und Anfangs Juni, und steigen wir noch höher, etwa bis zu 5500', so gilt allgemein die Bemerkung, welche der Beobachter von Bevers (Herr Lehrer Krättli) über diesen Punkt auf seine Formulare schrieb: nie der erste und nie der letzte. Vergleichungen lassen sich nur mit Angaben machen, die das Mittel von einer grossen Zahl von Jahren sind, und solche besitzen wir nur für Aarau,

Zürich (nur von 6 Jahren) und Glarus [1]), wie sie hier nebst den mittleren Jahres- und April-temperaturen zusammengestellt sind :

	Mittlere Jahrestemperatur.	Mittlere Apriltemperatur.	Letzter Frost.	Differenz auf 1000'.
Aarau (1128')	9,9 C	—	21,6 April	0
Zürich (1270')	8,9	10,56 C	22. „	3 %o
Glarus (1400')	8,45 (?)	9,3	29. „	27 %o

Es tritt demnach in Glarus, dessen mittlere Jahrestemperatur etwa 1,45 ° C unter derjenigen Aarau's liegt, der letzte Frost etwa 8 Tage später ein, so dass hieraus auf 1000' eine Ver-zögerung von 27 Tagen berechnet werden kann. Diese Ziffer hat jedoch keineswegs die Bedeutung eines allgemeinen Mittels, weil Glarus wegen der Nähe der Alpen ein beträchtlich kälteres Klima besitzt, als man mit Rücksicht auf seine absolute Höhe vermuthen sollte. Während in den Alpen einer Erhebung von 540' durchschnittlich 1° C Temperaturabnahme entspricht, finden wir zwi-schen Aarau und Glarus auf 272' Höhendifferenz einen Unterschied von 1,45° C in den mittleren Temperaturen, also auf 187' Erhebung 1° Temperaturabnahme. Wären alle erwähnten Zahlen-verhältnisse mathematisch genau bestimmt, so könnte aus diesem speciellen Fall das allgemeine Mittel durch folgende Proportion bestimmt werden :

$$540 : 187 = 27,2 : x ; x = 9,4.$$

Da wir es aber hier mit angenäherten Werthen zu thun haben, so werden die Fehler durch die vorkommenden Operationen bedeutend vergrössert, und das Ergebniss ist unzuverlässig. — Für Zürich ist das aus bloss 5 Jahren berechnete Mittel, namentlich nach der Temperatur zu schliessen, um einige Tage zu klein; es lässt sich mit ziemlicher Wahrscheinlichkeit auf den 24. verlegen.

Noch verdient ein Umstand hervorgehoben zu werden. Die Zeit vom letzten Schnee bis zum letzten Reif nimmt mit der Höhe ziemlich rasch ab bis auf 0, und fängt dann, um mich mathematisch auszudrücken, mit negativen Werthen zu steigen an, d. h. in grösseren Höhen fällt der letzte Frost [2]) vor den letzten Schnee. In Aarau beträgt die Differenz 10,6, in Zürich 6 – 8, in Glarus nur noch 4,5 Tage. In den höheren Alpen kann Schneewetter mitten im Sommer eintreten, ohne dass dabei die Temperatur unter Null sinkt; hier ist also immer noch eine frostfreie (im Sinne der Anmerkung 2), aber keine schneefreie Zeit. Wie im Frühling fast unmittelbar nach dem Schwinden der Winterfarbe ein frisches, saftiges Grün zum Vorschein kommt, so breitet auch im Herbst der weisse Mantel sich schützend über den noch grünen Rasenteppich und hindert so seine Entfärbung durch die herbstlichen Fröste. In den niederen Regionen dagegen folgen sich Grün und Weiss nicht so unmittelbar. Ein falbes Gelb, das der rauhe Spätherbst über die Fluren breitet, tritt vermittelnd zwischen die beiden Farben und erscheint im Frühling wieder, wenn die entblösste Erde der wärmeren Tage harrt, welche die in ihrem Schoosse schlummernden Keime zu neuem Leben erwecken. So werden wir denn von den Nachwehen des Winters hinübergeführt zum Wiedererwachen der Natur im Hauche der

---

[1]) Die Beobachtungen von Glarus umfassen 45, die von Aarau 33 Jahre.

[2]) Es gilt dies nur für die starke Reifbildung; schwächere, dem Grase unschädliche Fröste, können in den Alpen zu jeder Jahreszeit vorkommen.

Frühlingsluft, zum lieblichen Wiesengrün, in welches die geschäftige Flora bald ihre bunten Kränze flicht.

Den Verlauf dieser Frühlingsphänomene etwas genauer zu verfolgen, sei nun zunächst unsere Aufgabe. Lassen wir sie, um in wenigen Zügen ein treues Bild zu entwerfen, in ihrer natürlichen Reihenfolge vor unserem Auge vorüberziehen. Das Wiesengrün eröffnet die Reihe; ihm folgen, bald in kleinern, bald in grösseren Abständen, die Kirschbaumblüthe, die Belaubung der Buche und die lange dauernde Birn- und Apfelbaumblüthe. Zwischen diese am meisten in die Augen fallenden Erscheinungen, die voraus die Physiognomie des Frühlings bedingen, drängen sich aber noch manche andere hinein und treten im Vorüberziehen, wenn auch weniger effektvoll, doch ebenso freundlich vor unser Auge; noch andere eilen als willkommene Vorboten selbst dem Wiesengrün voraus. Schon im Februar (sogar im Januar schon) treiben zuweilen frühzeitige Tussilagines ihre gelben Blüthen empor; im Gebüsche verborgen schmückt sich der Seidelbast; die Haselstaude öffnet die dicht anschliessenden Kätzchenschuppen, und vom Winde getragen entfliegt der Blüthenstaub. Bald verbreiten Primeln und duftende Veilchen ihre Wohlgerüche; die Kornelkirsche entfaltet die kleinen Blüthendöldchen, und noch ehe der Buchenwald in frischem Blättterschmuck prangt, ballt schon das geschwätzige Echo den Ruf des Kukuks zurück.

Ich habe schon früher angedeutet, dass in grösseren Höhen die ganze vegetative Entwicklung in einen engern Raum zusammengedrängt, dass ihr Verlauf ein schnellerer sei. Dieses allgemeine Gesetz soll hier in einigen Beispielen seine Bestätigung finden. In Zürich fällt die Kirschbaumblüthe ungefähr 38 Tage nach dem ersten Wiesengrün; in 8 Tagen folgt die Birnbaumblüthe, in 12 die Belaubung der Buchen, in 17 das Blühen der Apfelbäume. In Glarus dagegen erscheint das erste Kirschbaumblust schon 18 Tage nach dem ersten Bodengrün, nur 1½ Tag vor dem Buchenlaub, nur 10—12 Tage vor der Blüthe der Apfelbäume. Einige andere Verhältnisse sind nebst diesen in folgender Uebersicht zusammengestellt. Die Zahlen geben an, um wie viel Tage die bezeichnete Erscheinung später erfolge, als das Wiesengrün.

Orte.	A. Höhe.	Wiesengrün.	Kirschenblust.	Birnb.-Blüthe.	Buchen'aub.	Apfelb.-Blust.
Zürich (6 Jahre)	1270'	0	38	46	50	55
Frauenfeld (2—3 Jahre)	1290'	0	30	40	36	50
Rafz (1846)	1290'	0	33	40	52	65
Küssnacht (3 Jahre)	1270'	0	28	38	35	47
Glarus (45 Jahre)	1400'	0	18	—	19½	29½
Mettmenstetten (2 Jahre)	1460'	0	13	23	16	30
Mitlödi (2—3 Jahre)	1590'	0	20	25	25	36
Lohn (3—4 Jahre)	1970'	0	30	37	37	45
Menzingen (2 Jahre)	2480'	0[1]	35	48	50	55
Matt (4 Jahre)	2560'	0	10	20	10	26

(1847)

Diese Zahlenverhältnisse sind nun allerdings nicht der Art, jenes allgemeine Gesetz so ganz leicht erkennen zu lassen, indem die Mittel von zwei bis drei Jahren sich vom wahren mittleren

---

[1] Die Verzeichnisse geben nur den Tag der ersten Begrünung der sonnigen Hügel; daher die grossen Zahlen.

Werth oft bedeutend entfernen können. Ueberdies ist der Vergleichungspunkt, das Wiesengrün, so sehr von der Lage zur Sonne abhängig, dass der Einfluss beträchtlicher Höhendifferenzen gegen jenen mächtigen Faktor fast gänzlich zurücktreten kann. So sind z. B. die grossen Zahlen für Mitlödi aus dem Umstande erklärbar, dass dieses Dorf an einem sehr sonnigen Abhang liegt, wo der Schnee frühzeitig schmilzt und das Wiesengrün ebenfalls sehr früh erscheint. In Lohn kommt zu diesen Vorzügen der Lage noch der Mangel dominirender Berge. Normalere Verhältnisse, daher auch die sichersten Anhaltspunkte, die allein eine Vergleichung zulassen, bieten Zürich und Frauenfeld für Höhen unter 1300, Glarus und Mettmeustetten für 1400—1500, Matt für 2560 Fuss. In dieser Höhenscala lässt sich denn auch ein fortwährendes Kleinerwerden der Zeitunterschiede in allen Zahlenreihen deutlich bemerken; aber besonders charakteristisch ist das rasche Fallen der Reihe, welche den Abstand der Kirschbaumblüthe vom Wiesengrün bezeichnet. Es ist auch in der That für jeden Beobachter der Ebene auffallend, wenn er in höher gelegenen Bergthälern den Kirschbaum schon in seinem Blüthenschmucke sieht, nachdem kaum vorher die Begrünung des Bodens auch die mehr beschatteten Stellen erreicht hat, während er sonst gewohnt war, blühende Bäume nur in grasreichen Wiesen zu sehen, die schon mehr als einen Monat vorher sich mit dem schönsten Grün bekleidet. — Das Buchenlaub, das in der ebnern Schweiz 6—10 Tage nach dem Kirschenblust erscheint, fällt in Glarus und Matt fast mit diesem zusammen, scheint sogar hie und da um einige Tage früher zu sein. Es beruht dies auf dem Umstand, dass gleiche Höhendifferenzen auf den Kirschbaum mehr als auf die Buche Einfluss haben. — Auch der Abstand zwischen Birn- und Apfelbaumblüthe wird mit der Höhe kleiner; doch mag hier die Verschiedenheit und Mannigfaltigkeit der Sorten mit eine Rolle spielen, obschon die Differenzen mehr in der Fruchtreife als in der Blüthenbildung hervortreten.

Ich könnte nun auch aus dem Jura ziemlich umfassende Angaben mittheilen; allein abgesehen davon, dass sie alle bloss auf das Jahr 1849 Bezug haben, sind die klimatischen Verschiedenheiten der einzelnen Localitäten, die bald auf freier Bergeshöhe, bald in schattigen Thälern von verschiedener Richtung gelegen sind, so gross, dass sie oft mehr als eine ziemlich beträchtliche Höhendifferenz die Vegetationserscheinungen modificiren und dadurch das Erkennen einer bestimmten Regel bedeutend erschweren. Es sind daher beispielsweise nur die Angaben von 8 Stationen in nachstehende Uebersicht aufgenommen worden; überdiess ist das Grün der Wiesen wegen allzugrosser Schwankungen weggelassen und die Kirschbaumblüthe als Nullpunkt gesetzt.

Orte.	Höhe.	Kirschb.-Blüthe.	Birnb.-Blüthe.	Buchenlaub.	Apfelb.-Blüthe.
1. Montbéliard	960'	24. Apr. = 0	11	16	14
2. Béfort	1100'	20. Apr. = 0	17	16	14
3. Delémont	1342'	28. Apr. = 0	14	10	13
4. Porrentruy	1363'	3. Mai = 0	7	4	10
5. Bressaucourt	1644'	5. Mai = 0	7	— 23	13
6. Péry et Court	2000'	10. Mai = 0	9	— 1	15
7. Cortébert	2220'	26. Apr. = 0	24	14	28
8. Les Bois	3180'	28. Mai = 0	2	— 4	3

3

Was in dieser Tabelle besonders auffällt, das sind die grossen negativen Zahlen für das Buchenlaub. Sind die Angaben richtig, so würde also die Belaubung der Buchen in Péry et Court um einen Tag, in Les Bois um 4, in Bressaucourt sogar um 23 Tage früher erfolgen, als die Kirschbaumblüthe, und es scheint dies Verhältniss für Höhen über 1600′ ein constantes zu sein; denn die scheinbare Ausnahme für Cortébert beruht wahrscheinlich nur auf dem falschen Datum für die Kirschbaumblüthe, die wenigstens 15—16 Tage später eintreten dürfte, als es hier angegeben. Cortébert liegt nämlich mit Péry im nämlichen Thale und ist sonst bei allen Vegetationserscheinungen um einige (2—3) Tage später, als dieser letztere Ort. Warum sollte die Kirschbaumblüthe eine Ausnahme machen? Im Uebrigen sei es dem Leser selbst überlassen, die gleichen Verhältnisse hier wieder aufzufinden, auf die schon vorhin hingewiesen worden.

Etwas länger, als bei diesen allgemeinen Betrachtungen, wollen wir bei der Verzögerung der Vegetation mit der Höhe verweilen. Leider gestattet der Raum mir nicht, alle vorliegenden Angaben von den verschiedenen Localitäten in tabellarischer Form mitzutheilen; ich muss mich daher darauf beschränken, diejenigen unter ihnen hervorzuheben, die theils wegen des grösseren Umfanges, theils auch wegen des ziemlich normalen Verlaufes der betreffenden Jahrgänge vom wahren Mittel nicht sehr verschieden sein können, und auf diese sodann die weitern Schlüsse zu gründen. Angaben, die sich einzig auf das Jahr 1846 beziehen, sind daher nicht in die Tabelle aufgenommen worden; eine Ausnahme bilden nur Rafz für die erste (unter 1500′) und Hof Wisler für die 2te Reihe von Stationen, beide darum, weil nicht bloss das Erscheinen der ersten Vorboten, sondern der allgemeine Eintritt der Vegetationsepochen gegeben ist, die verzeichneten Daten also (wie man sieht) keineswegs sehr extrem sind. Uebrigens würde schon durch die gleiche Vertheilung der beiden Sechsundvierziger Jahrgänge in die zwei zu vergleichenden Reihen ein etwa begangener Fehler so ziemlich gut gemacht.

I. Unter 1500 P. Fuss (mittlere Höhe 1310¹).

	Schaffhausen (46—48)	Lenzburg (30 Jahre)	Zürich¹) (46—53)	Frauenfeld (46, 48)	Rafz (46)	Marbach (46, 47)	Küssnacht (46—52 : 55,56)	Eigenthal (46, 47)	Winterthur (46, 47)	Glarus (45 Jahre)	Mettmenstetten (48, 49)	Mittel.
Blüthenbildung.												
Corylus Avellana	15. März	19. Febr. (11)	17. Febr.	1. März	28. Febr.	1. März	22. Febr.	—	2. März	—	6. März	28. Febr.
Viola odorata	20. März	1. März (4)	2. März	26. März	8. März	15. März	13. März	—	27. Febr. (46)	—	27. März	14,8 Mz.
Primula elatior	12. April	—	14. März	5. April	18. März	15. März	24. März	3. April	5. Mz. (46)	—	30. März	24,3 Mz.
Cornus mascula	1. März	6. April	10. März	—	13. März	30. März	10. März	—	—	—	—	17. März
Persica communis	20. März	11. Apr. (3)	—	5. April	3. April	30. März	30. März	—	22. Mz.-(46)	—	22. April	2,4.Apr.
Prunus avium	20. April	23. April (15)	19. April	16. April	8.Apr.²)	15. April	20. April	3. Mai	17. April	19¹/₂Apr.	21. April	19,2 Apr.
Pyrus communis	29. April	28. April	25,8 Apr.	26. April	15. April	29. April	30. April	11. Mai	3. Mai	—	1. Mai	28,6 Apr.
Pyrus Malus	10. Mai	30. April	6,6 Mai	6. Mai	—	1. Mai	7. Mai	13. Mai	8. Mai	30. April	8—12. Mai	6,2 Mai
Belaubung.												
Aesculus Hippocast.	24. April	26. April	18. April	23. April	12. April	28. April	30. April	6. Mai	11. April (46)	—	14. April	21,8 Apr.
Fagus sylvatica (Ausschlagen)	27. April	Allg. Belaubung.	29. April (1846)	22. April	27. April	1. Mai	27. April	9. Mai	29. April	21. April	24. April	27,6 Apr.

NB. Die eingeklammerten Ziffern bei der Colonne Lenzburg bezeichnen die Anzahl der Jahre, über welche sich die Beobachtung der betreffenden Erscheinung erstreckt.

¹) Einige Daten wurden durch Zuziehung der im Anhang mitgetheilten Tabelle berechnet.

²) Nach einem Mittel von 10 Jahren, worunter aber einige späte Jahrgänge, fällt die Kirschbaumblüthe in Rafz auf den 20. April.

II. 1500 — 2000 P. Fuss (mittlere Höhe = 1747').

Vegetationsepochen.	Mitlödl (46, 47, 50)	Hof Wisler (46)	Malans (46, 49)	Thun (49)	Opershofen (48, 49)	Cappel (48, 49)	Lohn (46—49)	Mittel.	Diff. vgl. Tab. I.
									Tage:
Blüthenbildung.									
Corylus Avellana	—	15. März	15. Febr.	—	15. März	20. März	20. März	11,4 März	11,4
Viola odorata	30. März	21. März	30. März	20. März	22. März	—	18. März	23,5 März	8,7
Primula elatior	8. April	10. März	1. April	1. April	8. April	21. März	8. April	30. März	5,7
Cornus mascula	—	26. März	2. März	30. März	—	—	—	19,3 März	2,3
Persica communis	13. April	—	27. März	—	—	—	24. April	11. April	8,6
Prunus avium	28. April	4. Mai	15. April	27. April	10. April	26. April	1. Mai	24,4 April	5,2
Pyrus communis	3. Mai	—	22. April	3. Mai	2. Mai	2. Mai	7. Mai	2. Mai	3,4
Pyr. Malus	15. Mai	—	1. Mai	10. Mai	5. Mai	12. Mai	15. Mai	10. Mai	3,8
Belaubung									
Aesculus Hippocast.	—	—	—	15. April	—	24. April	24. April	21. April	—
Fagus sylvatica	3. Mai	8. Mai	1. Mai	6. Mai	28. April	28. April	7. Mai	3. Mai	5,4

Die Vergleichung mit Tab. I gibt eine mittlere Differenz von 6 Tagen = 13,7 °/₀₀.

Werden nur Pr. avium, Pyrus, P. Malus und Fagus zur Vergleichung benutzt, so sinkt dieser Unterschied auf 10,2 °/₀₀.

	III. 2000—2560 P. Fuss (mittlere Höhe = 2402[1]).					IV. 5000 P. Fuss.		V. 5270 P. Fuss.	
	Büfingen (46)	Menzingen (46, 47)	Matt (47)	Mittel.	Diff. vgl. Taf. II.	Nufenen (15, 46)	Diff. vgl. Matt.	Bevers (47—50, 53)	Diff. vgl. Matt.
Blüthenbildung.					Tage:				
Corylus Avellana	20. Febr.	22. März (47)	14. Febr. (4 Jahre)	28. Febr.	—	30. April		18. April (Tussilago, 9 Jahre)	
Viola odorata	2. März	26. März (47)	1. April	20. März	—			—	
Primula elatior	2. März	20. März (47)	—	11. März	—	25. Mai		17. Mai (50, 53)	
Cornus mascula	—	—	—	—	—	—		—	
Persica communis	—	—	—	—	—	—		—	
Pr. avium	6. Mai	7. Mai (47)	1. Mai (4 Jahre)	4⅓ Mai	10,26	3. Juni	33 Tage = 13,5 ‰	9. Juni (5 Jahre)	39 Tage = 14,4 ‰
Pyrus communis	6. Mai	3. Mai	10. Mai	6⅓ Mai	4,33	—		—	
P. Malus	15. Mai	9. Mai	17. Mai (4 Jahre)	13⅔ Mai	3,66	—		—	
Belaubung.									
Aesculus Hippocast.	—	—	—	—	—	—		—	
Fagus sylvatica	(9. April)	5. Mai	1. Mai	3. Mai	—	—		—	

Die lückenhaften Angaben der Tab. III erlauben kaum eine Vergleichung. Die Combination mit Tab. II ergibt eine mittlere Differenz von nur 6,08 Tagen = 9,1 ‰.

VI. Einige andere Zusammenstellungen zur Berechnung der Differenzen ‰

	Schaffhausen, Zürich, Frauenfeld, Marbach (mittl. H. = 1270', verglichen mit Malans, Thun, Opfershofen (m. H. = 1732').				Schaffh. (47, 48)	Lohn (47, 48)	Diff.	Bevers, vergl. mit Tab. I.	Tab. II.
Blüthenbildung.	Schaffh. etc.	Malans etc.	Diff.	Diff. (47, 48) Schaffh. etc. mit Bevers			Tage:	Differenz in Tagen.	
Corylus Avellana	$1\frac{1}{2}$ März	—	—		15. März	22. März	7	Pr. avium	
Viola odorata	$15\frac{3}{4}$ März	24. März	$8\frac{1}{4}$		—	—	—		
Primula elatior	27. März	$3\frac{1}{3}$ April	$7\frac{1}{3}$	51 Tage	12. April	8. April	—	51	45,6
Cornus mascula	$13\frac{1}{3}$ März	16. März	$2\frac{2}{3}$		—	—	—	Primula elatior:	
Prunus avium	16. April	$17\frac{1}{2}$ April	$1\frac{1}{3}$	54 „	25. April	2. Mai	7	53	48
Pyrus communis	$26\frac{3}{4}$ April	$29\frac{2}{3}$ April	$2\frac{11}{12}$		$3\frac{1}{2}$ Mai	$5\frac{1}{2}$ Mai	(2)	Mittlere Differenz:	
P. Malus	$6\frac{3}{4}$ Mai	$5\frac{1}{3}$ Mai	—		6. Mai	13. Mai	7	52 = 13 ‰	46,8 = 13,2 ‰
Belaubung.				Tussilago (47, 48) 49 Tage	Mittlere Differenz = 7 = 9,3 ‰				
Fagus sylvatica	$27\frac{1}{4}$ April	1. Mai	$3\frac{3}{4}$						
	Mittlere Differenz = $4\frac{3}{8}$ = 9,5 ‰			Mittel: $51\frac{1}{3}$ Tag = 12,8 ‰					

Von den erhaltenen mittleren Differenzen gruppiren sich die einen um die Zahl 13, die andern um die Zahl 9, wie nachstehende Uebersicht zeigt.

Tab. I — Tab. II	= 13,7		Schaffhausen etc. — Malans	= 9,5
Nufenen — Matt	= 13,5		Schaffhausen — Lohn	= 9,3
Bevers — Matt	= 14,4		Tab. II — Tab. III	= 9,1
Bevers — Tab. I	= 13,0			
Bevers — Tab. II	= 13,2			
Bevers — Schaffhausen etc.	= 12,8			

Welchem Resultate sollen wir den Vorzug geben? Um in Kürze diese Frage zu beantworten, fasse ich die Gründe, welche für die erste Reihe (die Zahl 13) entscheiden, in folgende Punkte zusammen:

1) Das Resultat der Vergleichung von Tab. I und II darf schon wegen der grösseren Zahl von Beobachtungen, aus welchen es abgeleitet wurde, als ein ziemlich zuverlässiges angesehen werden. Für Pyrus communis und P. Malus sind freilich die Differenzen, vielleicht wegen der Verschiedenheit der beobachteten Sorten, etwas zu klein ausgefallen, und das ist auch der Grund, warum wir aus dem Vergleich der Obstbäume und Buche die kleine Ziffer von 10,2 %/00 erhielten. Cerasus und Fagus allein geben einen Unterschied von 12,1 %/00.

2) Bevers und Matt geben zur Vergleichung der Kirschbaumblüthe sehr gute Anhaltspunkte, da für ersteres fünf-, für letzteres vierjährige Beobachtungen vorliegen. Ebenso konnte für Bevers die Tussilagoblüthe nach einem Mittel von 9 Jahren bestimmt werden.

3) Dass die Vergleichung von Bevers mit den Stationen unter 1300' (Schaffhausen etc.) und mit Tab. I und II annähernd dasselbe Ergebniss gab, spricht entschieden zu Gunsten der ersten Zahlengruppe.

Gegen die zweite Reihe kann man einwenden:

1) Dass auf die Vergleichung von Tab. II und III, wie schon oben bemerkt, kein grosses Gewicht zu legen ist.

2) Dass in Schaffhausen manche Gegenstände der Beobachtung höher gelegen sein mochten, als die Stadt, während bei dem auf freier Bergeshöhe gelegenen Lohn eher das Umgekehrte wahrscheinlich ist. Wird der Höhenunterschied nur um 50 Fuss geringer genommen, so steigt die mittlere Differenz schon auf 10 %/00. Ueberdies ist nicht zu vergessen, dass Schaffhausen und Lohn dem Jura angehören.

3) Dass in Tab. VI (Schaffhausen etc. — Malans etc.) die kleine Differenz dem günstig gelegenen Malans mit seinen beiden frühen Jahrgängen 1846 und 1849 zuzuschreiben ist. Wird statt Malans Kappel in die zweite Gruppe aufgenommen (Thun, Opfershofen, Kappel), so steigt der Zeitunterschied auf 12,5 %/00.

Nach diesen Bemerkungen ist es wohl nicht zu gewagt, wenn die Verzögerung der Vegetation mit der Höhe in den Alpen durchschnittlich auf 13 bis 13,5 %/00 angenommen wird. Von mathematischer Genauigkeit kann natürlich bei solchen Bestimmungen, wären sie auch aus einer zehnfachen Zahl von Beobachtungen hervorgegangen, schon darum nicht die Rede sein, weil neben der absoluten Höhe so manche Einflüsse störend auftreten, die selbst bei den ausgedehntesten meteorologischen Beobachtungen nie vollständig eliminirt werden könnten. Es wäre auch möglich, dass unser Resultat nur für die niederen Regionen allgemeine Geltung hätte und dass die übereinstimmenden Verhältnisse, die sich nach vorliegenden Angaben auch für höhere ergeben, eben nur besondere Fälle wären. (Ich werde diesen Punkt gleich etwas näher betrachten.) Trotz alledem scheint mir die Angabe von Schlagintweit, welcher für die Oestreichischen Alpen als mittlere Verzögerung bis zu Ende der Blüthenbildung bloss 10 °/oo erhielt, etwas zu klein, um so eher, als auch die grösseren Differenzen für die Schneeschmelze und den Anbau der Cerealien mit in Berechnung gezogen wurden. Hält man sich bloss an die Belaubung und Blüthenbildung, so ergibt sich aus den Angaben Schlagintweit's die kleine Differenz von nur 9 %/oo — und das ist sicher zu wenig. Unser Ergebniss stimmt übrigens auch ziemlich mit demjenigen von Schübler und Quetelet überein; jener hatte durch seine Untersuchungen das etwas unbestimmte Resultat von 10 — 14 Tagen erhalten; dieser bestimmte für das Klima von Mittel-Europa die Verzögerung näher auf ungefähr 12,5 %/oo.

Angenommen nun, die mittlere Erhebung für 1 ° C Temperaturabnahme betrage auch für unsere Stationen 540 P. Fuss, so entspricht dieser Verminderung der Temperatur eine Verzögerung der Frühlingsphänomene von beinahe 7,3 Tagen. Bevers wird daher bei einer mittleren Differenz von 52 Tagen um ungefähr 7 ° C kälter sein, als Zürich, Lenzburg, Aarau etc. Es stimmt dies aus der Verzögerung der Vegetation abgeleitete Resultat auch vollkommen überein mit den Thermometerbeobachtungen. Die mittlere Temperatur von Bevers beträgt nämlich nach den Untersuchungen von H. H. Denzler + 2,8 C[1]), die von Aarau 9,9°, von Lenzburg 9,7, von Schaffhausen 9,6, von St. Gallen 9,2, von Chur 9,5 ° C etc., und in gleichem Verhältniss, wie diese Jahrestemperaturen, stehen auch die mittleren Temperaturen der Monate März, April und Mai, die überhaupt vom jährlichen Mittel nicht weit abweichen. Wir erhalten für Bevers eine Frühlingstemperatur von 2,66 ° C, für Lenzburg 9,7 ° C, für Chur sogar 10°, für Zürich 9,2°, für St. Gallen 9,1 ° C[2]). Es darf daher auch für den Frühling, wie für das ganze Jahr, zwischen Bevers und der ebneren Schweiz ein mittlerer Temperaturunterschied von ungefähr 7 ° C angenommen werden. Diese auffallende Uebereinstimmung ist ein neuer, wesentlicher Beweis für die Richtigkeit des gefundenen Resultates. Dazu kommt, dass die Temperatur von Bevers so ziemlich der mittleren Temperatur für diese Höhe entspricht, dass wir es also mit keinem besondern Falle zu thun haben. Die Höhenisotherme von 2,5° C schneidet nämlich die Parallele von 5000' in mehreren-Punkten und hält sich durchschnittlich von Hallersalzberg bis zum St. Gotthard in einer Höhe von 5285 Fuss[3]), also nur etwa 20 Fuss über dem Niveau von

---

[1]) Nach einer brieflichen Mittheilung von Herrn Lehrer Krättli ergibt sich als mittlere Temperatur der Jahre

$$1853 = 1,42° C$$
$$1854 = 2,13° C$$
$$1855 = 2,19° C$$

Diese Zahlen scheinen darauf hinzudeuten, dass das von Denzler gefundene Mittel etwas zu gross ausgefallen. Die fortgesetzten Beobachtungen mit zuverlässigen Instrumenten werden uns hierüber s. Z. die nöthige Aufklärung geben.

[2]) Alle diese Temperaturangaben sind der „Physikal. Geogr. d. Alpen" von Schlagintweit entnommen.

[3]) Nach Schlagintweit, Physikal. Geographie d. Alpen pag. 343.

Bevers. — Auf diese Thatsache gestützt, glaube ich für das gefundene Mittel von 13—13,5 °/₀₀ eine allgemeine Geltung für die östlichen und Centralalpen beanspruchen zu dürfen.

Was nun den Jura[1]) betrifft, so könnte ich mich einfach auf die Berechnungen berufen, welche Thurmann in seinem Essai de Phytostatique pag. 290 — 292 mitgetheilt hat, da nebst einigen andern die nämlichen Beobachtungen (vom Jahr 1849) auf die er seine Schlüsse gründete, auch mir vorliegen; allein die extremen Zahlenverhältnisse, welche aus seinen Untersuchungen hervorgingen, scheinen eine wiederholte Prüfung und Zusammenstellung der Verzeichnisse zu rechtfertigen. Schon der Umstand, dass Thurmann zur Ausmittlung der Verzögerung der Vegetation mit der Höhe die überraschend grossen Differenzen für die ersten Frühlingsboten :ind die verschwindend kleinen für den letzten Schneefall, der fast in allen Stationen auf den nämlichen Tag fällt, herbeizieht, spricht nicht zu Gunsten der Zuverlässigkeit seiner Resultate. Wenn wir z. B. zwischen Béfort und Les Bois Differenzen wahrnehmen, die für Tussilago auf 93 Tage (= 44 °/₀₀), für Viola odorata auf 55 Tage (= 26 °/₀₀) steigen; wenn wir sehen, wie sich ähnliche Verhältnisse zwischen Delémont und Les Bois (30 °/₀₀) und andern Punkten wiederholen, so können wir keinen Augenblick anstehen, gegen die Vergleichbarkeit solcher Resultate die gerechtesten Zweifel zu erheben. Da die nämlichen Ungereimtheiten, wie dies bei den mannigfachen localen Störungen im Jura gar nicht anders zu erwarten ist, auch in andern Verzeichnissen wiederkehren, die in den Untersuchungen von Thurmann nicht berücksichtigt sind, so babe ich es vorgezogen, in folgende Tabelle nur diejenigen Vegetationsepochen aufzunehmen, welche in ihrem Eintritt keine so grossen Verschiedenheiten zeigen und von localen Verhältnissen weniger; als die ersten Frühlingszeichen, abhängig sind. Ich glaube auf diese Weise, soweit es einjährige Beobachtungen erlauben, der Wahrheit nahe zu kommen. Die Zusammenstellung der Ortschaften von annähernd gleicher absoluter Höhe und die Berechnung des Mittels für die einzelnen Gruppen dürfte in diesem Falle vor jeder andern Methode den Vorzug verdienen, indem dadurch manche locale Unregelmässigkeiten durch andere entgegengesetzte eliminirt werden können. Die Differenzen wurden insgesammt aus dem Vergleich mit Les Bois abgeleitet und sodann auf 1000' reducirt.

	Montbéliard Béfort	Differenzen	Bellerive Lugnez Damphreux	Differenzen	Neuveille Delémont Porrentruy Glovelier	Differenzen	Bressaucourt Montiers	Differenzen	Péry Court	Differenzen	Renan	Differenzen	Les Bois
	(1035')		(1300')		(1356')		(1615')		(2000')		(2758')		(3186')
Aesculus Hipp.	18. Mai	21	7. Mai	32	22. Mai	17	24. Mai	15	28. Mai	11	1. Juni	7	8. Juni
Prunus avium	22. Apr.	36	22. Apr.	36	1. Mai	27	4½ Mai	23½	5. Mai	23	—		28. Mai
Fagus (Belaubg.)	6. Mai	18	6⅓ Mai	17,66	9. Mai	15	7. Mai	17	6. Mai	18	—		24. Mai
Pyrus communis	2½ Mai	27,5	7½ Mai	22,5	11. Mai	19	12. Mai	18	20. Mai	10	26. Mai	4	30. Mai
Pyr. Malus	6. Mai	25	10. Mai	21	19. Mai	12	20. Mai	11	25. Mai	6	26. Mai	5	31. Mai

Mittlere Diff. =	25,5		25,83		18		17		13,6		5,3		
Auf 1000' =	11,8		13,7		9,8		10,8		11,46		10,46		

Das arithmetische Mittel aller Differenzen ist 11,336 °/₀₀.

---

[1]) Zum Jura gehören zwar auch einige Stationen der Tab. I und II; die bezüglichen Beobachtungen fallen aber auf verschiedene Jahrgänge und konnten daher nicht hieher gezogen werden. Mit den Angaben aus dem centralen Jura wären sie ohnehin nicht ganz vergleichbar.

4

Es beträgt also die mittlere Verzögerung der Vegetation im Jura 11,3 Tage auf 1000 Fuss. Dass wir auch hier, wie oben bei der Betrachtung der Schneedecke, eine kleinere Zahl erhalten als für die Alpen, hat seinen Grund ebenfalls in der ungleichen Temperaturabnahme mit der Höhe, und es ist merkwürdig, wie annähernd die Verzögerungen der Vegetation den mittleren Erhebungen für 1⁰ C Temperaturabnahme umgekehrt proportional sind. Es besteht nämlich die Proportion

$$13 \ (13,5) : 11,41 \ (11,8) = 615 : 540,$$

in welcher das zweite Glied vom erhaltenen Resultat nur sehr wenig abweicht. Von diesem letztern ausgehend, erhalten wir für 1⁰ C Temperaturabnahme, entsprechend einer Erhebung von 615′, eine Verzögerung der Vegetation von 7 Tagen, was mit dem oben gefundenen Ergebniss ziemlich übereinstimmt. Nehmen wir nun die mittlere Temperatur des centralen Jura zwischen Besançon und Neuchâtel, auf Meeresniveau reducirt, zu 11,55⁰ C an[1]), so ergibt sich für die Höhe von Montbéliard und Béfort (1035′) eine Jahrestemperatur von 9,87⁰ C. In höheren Gegenden wird dieses Mittel um so viel Mal 1⁰ C sinken, als die Zahl 7 in der Tageszahl der durchschnittlichen Verzögerung der Vegetationsepochen enthalten ist. Es wird z. B. Les Bois, bei einer Verzögerung von 25,5 Tagen, um 3,64⁰ C kälter sein, als Béfort und Montbéliard, also eine mittlere Temperatur von ungefähr 6,23⁰ C haben. Stimmt diese Berechnung mit der Beobachtung? Von Les Bois ist leider der Gang der Temperatur nicht näher bekannt; dagegen konnte für das etwa 50′ tiefer, ganz nahe dabei gelegene La Ferrière aus 2 Jahre umfassenden Beobachtungen ein Mittel von 6,34⁰ C berechnet werden[2]). Eine genauere Uebereinstimmung darf man wohl nicht verlangen.

Es bleibt mir jetzt noch übrig, mit einigen Worten die Erscheinungen aus der Thierwelt zu erwähnen, welche als allbekannte Frühlingszeichen mit in die Verzeichnisse aufgenommen wurden. Voraus ist es das erste Rufen des Kukuks und die Ankunft der Hausschwalbe, worüber ziemlich umfassende Angaben vorliegen; viel seltener ist das Erscheinen der Störche, das erste Quacken der Frösche und das erste Fliegen der Maikäfer beobachtet worden. Alle diese Erscheinungen zeigen in ihrem Eintritt merkwürdig kleine Schwankungen und scheinen daher vom früheren oder späteren Wiedererwachen der Natur weit weniger abhängig zu sein, als die vegetativen Phänomene. So fiel z. B. der erste Kukukruf in Lenzburg in den Jahren 1834—44 zwischen den 14. und 27. April, durchschnittlich auf den 20. April, hatte also bloss einen Spielraum von 13 Tagen, während die Kirschbäume Schwankungen von 42, die Apfelbäume solche von 63 Tagen zeigen. Die Schwalbe, die nach einem Mittel von 9 Jahren ebenfalls auf den 20. April wiederkehrt, erschien Anno 1834 schon auf den 2. April, 1837 und 38 auf den 1. Mai,

---

[1]) Nach Thurmann a. a. O. pag. 43.

[2]) Nach Thurmann a. a. O. pag. 39. Auf Seite 285 ist freilich die Temperatur von La Ferrière durch Zuziehung einer fernern Reihe von Beobachtungen auf 7,18⁰ C berechnet; der Beobachter selbst aber (Herr Gagnebin) hatte als Mittel seiner 3jährigen Beobachtungen 6,62⁰ C gefunden. Es ist übrigens sehr leicht möglich, dass das gegebene zweijährige Mittel von der wahren mittleren Temperatur weniger abweicht, als diese letztern Ziffern; überdiess scheint nach den bisher gemachten Forschungen die Isotherme von 6,3⁰ C im centralen Jura sich durchschnittlich in der Höhe von 1000 M. zu halten, und hierauf ist jedenfalls mehr Gewicht zu legen, als auf irgend welchen speciellen Fall.

also 29 Tage später. Ein gewisser Einfluss der früheren oder späteren Jahrgänge auf das Wiederkehren der Zugvögel lässt sich allerdings, wie man schon an diesen Beispielen sieht, nicht verkennen; doch richten sich dieselben weit weniger, als die Pflanzen, nach der Entwicklung unserer Natur und jedenfalls nur insofern, als diese Entwicklung mit derjenigen südlicher Länder übereinstimmt, die Eigenthümlichkeit des Jahrganges sich also auch über diese erstreckt. Ist dies nicht der Fall, so kann die Rückkehr wohl nur mit den Witterungsverhältnissen am Winteraufenthaltsorte in Relation gebracht werden. — Noch weniger, als der Kukuk und die Schwalbe, scheint der Storch bei seiner Wiederkehr auf die Jahrgänge zu achten. In Lenzburg fällt die Ankunft dieses Frühlingsboten nach einem Mittel von 20 Jahren auf den 6. März; in den Jahren 1820—24 traf er aber schon auf den 21. Februar ein, im Jahr 1834, das sich doch durch einen sehr frühen Frühling auszeichnete, aber erst auf den 24. März [1]. Noch später, am 29. März, erschien er in dem ziemlich normal verlaufenen Jahr 1840. — Vergleichen wir mit diesen Daten die Angaben aus höheren Gegenden, z. B. von Bevers und Nufenen, so finden wir kaum eine Differenz von 10 Tagen auf beinahe 4000 Fuss Höhenunterschied, und bei Orten unter 2000', z. B. zwischen Schaffhausen und Lohn, sinkt diese Differenz vollends auf Null. Es ist dies auch sehr begreiflich, da namentlich für den Kukukruf die früher angenommenen Höhenunterschiede nicht mehr bestehen, folglich auch keine Vergleichung möglich ist. Unter solchen Umständen scheint ein sorgfältigeres Studium dieser Erscheinungen in der Thierwelt für den hier zu verfolgenden Zweck eine vergebliche Mühe [2], und es mag vollkommen genügen, wenn ich in folgender Tabelle ohne allen Commentar einige Angaben zusammenstelle, die aus zwei- bis mehrjährigen Beobachtungen abgeleitet wurden.

	Schaffhausen (1222')	Lenzburg (1234')	Zürich (1270')	Frauenfeld (1290')	Küssnacht (1314')	Winterthur (1360')	Mettmenstetten (1460')	Mclans (1718')	Menzingen (2480')	Matt (2560')	Bevers (2470')
Ankft. d. Störche	20.Mz.	6.Mz.	15.Mz.	20.Mz.	—	12.Mz.	31.Mz.	15.Mz.			
Erster Kukukruf	14.Apr.	20.Apr.	30.Apr.	16.Apr.	18.Apr.	22.Apr.	11.Apr.	29.Apr.	12.Apr.	28.Apr.	1. Mai (5 J.)
Ank. d. Schwalbe	14.Apr.	20.Apr.	19.Apr.	—	10.Apr.	20.Apr.	12.Apr.	20.Apr.	27.Apr.	5.Apr.	27.Apr. [4 J.][3]
Erstes Quacken d. Frösche	18.Apr.	—	27.Apr.	23.Apr.	27.Fbr.	22.Apr.	29.Mz.	—	10.Mai		
Erstes Fliegen d. Maikäfer	6.Mai	1.Mai	5.Mai	1.Mai	1.Mai	7.Mai	30.Apr.	23.Apr.	6.Mai	—	—

---

[1] Nach Dove (Abhandlg. der königl. Acad. der Wissensch. z. Berlin 1844 S. 398) bemerkte man A. 1834 in den Maingegenden die Wiederkehr des Storches schon am 10. Januar!

[2] Damit ist natürlich keineswegs gesagt, dass überhaupt Beobachtungen über diese Erscheinungen werthlos seien. Es lässt sich im Gegentheil erwarten, dass ein nach einem andern Gesichtspunkt unternommenes, auf vielfache Beobachtungen gestütztes Studium derselben zu Gesetzen anderer Natur führen würde, die für die Zoologie von Interesse wären.

[3] Diese Angabe bezieht sich auf die Ankunft der Rauchschwalbe (Hirundo rustica).

II. Sommerphänomene.

Als Sommerphänomene sind in nachstehende Uebersicht die Heuernte, die Blüthenbildung der Linde, weissen Lilie und des Weinstockes, dann auch insbesondere die Blüthenbildung und Fruchtreife der Cerealien aufgenommen worden. Die Zusammenstellung dieser letztern brachte es mit sich, dass einige Daten uns in die letzten Wochen des meteorologischen Frühlings zurückversetzen, sich also nicht wohl auf »Sommerphänomene« beziehen können. Ich glaubte aber eine leichte Vergleichung zwischen Blüthenbildung und Fruchtreife mehr als diesen kleinen Uebelstand berücksichtigen zu sollen und berufe mich überdies auf die schon früher gemachte Bemerkung, dass die gezogenen Grenzen keineswegs wissenschaftlichen Werth beanspruchen, sondern nur eine leichtere Uebersicht bezwecken.

Alles, was früher über das Kleinerwerden der Abstände der Vegetationsepochen in grösseren Höhen gesagt wurde, gilt natürlich auch von den Sommerphänomenen. Es kommen jedoch, namentlich bei den Cerealien, so viele störende Umstände hinzu, die zum Theil von der Willkür des Menschen abhangen, dass aus der Menge scheinbar widersprechender Thatsachen die allgemeine Regel oft schwer zu finden ist. Bei denjenigen Pflanzen, die zur Entwicklung der Blüthe einer länger andauernden, dabei nicht unbedeutenden Temperatur bedürfen, mag bisweilen (vielleicht immer?) in grösseren Höhen eine so beträchtliche Verzögerung eintreten, dass die aus dem Vergleich mit andern Pflanzen gefundenen Abstände sogar grösser ausfallen, als in der Ebene, so dass also das für die Fruchtreife geltende Gesetz auch hier seine Anwendung finden würde. Die vorliegenden Tabellen bieten in dieser Beziehung die auffallendsten Controversen und gestatten daher nicht, diesen Punkt mit Erfolg etwas näher zu betrachten. Nach den Verzeichnissen von Schlagintweit (a. a. O. pag. 551—53) ist aber wirklich der Abstand zwischen der Blüthenbildung verschiedener Cerealien in höheren Regionen grösser, als in tieferen. Er beträgt z. B. für Secale cereale hibernum und Hordeum distichum und hexastichon

bei 1000—2000' = 6 Tage	bei 4000—5000' = 19 Tage
» 2000—3000' = 9½ »	am Plattl = 13 »
» 3000—4000' = 10 »	(5136')

Die graphische Darstellung dieser Verhältnisse würde uns also nach oben divergirende Linien zeigen, im Gegensatz zur stark ausgesprochenen Convergenz, die sonst bei allen Isopbänomenen gleich in die Augen fällt. Sorgfältige, mehrere Jahre fortgesetzte Beobachtungen dürften in dieser Beziehung interessante Resultate zu Tage fördern, besonders wenn auch der Gang der Temperatur dabei berücksichtigt würde. Vorläufig fehlt jedoch, wie schon bemerkt, zu einer gründlichen Behandlung dieses Gegenstandes das nöthige Material; daher wurde auch hier, gestützt auf nachstehende Tabellen, nur die Verzögerung der Vegetation mit der Höhe besonders in's Auge gefasst. Die Tabellen enthalten die Vegetationsepochen der nämlichen Stationen, die auch für die Frühlingsphänomene zur Vergleichung gewählt wurden.

I. Unter 1500 P. Fuss (mittlere Höhe 1310').

	Schaffhausen (46—48)	Lenzburg (30 J.)	Zürich¹ (46—53)	Frauenfeld (16, 48)	Rafz (46)	Marbach (46, 47)	Küssnacht (46—52)	Eigenthal (16, 47)	Winterthur (46, 47)	Glarus (45 J.)	Mettmenstetten (48, 49)	Mittel.
Blüthenbildung.												
Hordeum vulg. hib.	19 Mai	—	23 Mai	25 Mai	12 Mai	21 Mai	25 Mai	—	14 Mai	—	20 Mai	19,8 Mai
Secale cereale	21 Mai	26 Mai	20,4 Mai	25 Mai	16 Mai	27 Mai	25 Mai	15 Mai	19 Mai	—	24 Mai	21,8 Mai
Triticum Spelta	10 Juni	10 Juni	12 Juni	9 Juni	1 Juni	8 Juni	13 Juni	1 Juni	5 Juni	—	9 Juni	7,8 Juni
Hordeum vulg. aestiv.	4 Juli	—	—	24 Juni	5 Juni	22 Juni	—	13 Juni	10 Juni	—	16 Juni	17,7 Juni
Avena sativa	4 Juli	—	—	—	—	2 Juli	—	—	—	—	8 Juli	4,6 Juli
Solanum tuberosum	—	—	24 Juni	19 Juni	9 Juni	15 Juni	9 Juni	12 Juni	19 Juni	—	26 Juni	16,6 Juni
Vitis vinifera	14 Juni	14 Juni	13,3 Juni	20 Juni	17½ Jn.	15 Juni	20 Juni	3 Juni	15 Juni	15½ Jn.	22 Juni	15,1 Juni
Lilium candidum	6 Juli	—	28 Juni	28 Juni	18 Juni	20 Juni	1 Juli	7 Juli	—	—	29 Juni	28,3 Juni
Tilia europea L.	17 Juni	—	27 Juni	21 Juni	—	8 Juni	25 Juni	—	—	—	23 Juni	20,1 Juni
Iterate	13 Juni	7 Juni	4,9 Juni	18 Juni	8 Juni	28 Mai	4 Juni	15 Juni	13 Juni	18 Juni	10 Juni	10 Juni
Fruchtreife.												
Prunus avium (Erste Kirschen)	8 Juni	11 Juni	14 Juni	16 Juni	4 Juni	17 Juni	12 Juni	9 Juni	12 Juni	18 Juni	19 Juni	13 Juni
Hordeum vulg. hib.	22 Juni	25 Juni	26 Juni	26 Juni	20 Juni	19 Juni	28 Juni	24 Juni	1 Juli	—	27 Juni	24,8 Juni
Secale cereale	4 Juli	19 Juli	19 Juli	8 Juli	3 Juli	14 Juli	6 Juli	18 Juli	7 Juli	—	10 Juli	10,8 Juli
Triticum Spelta (T. vulg.)	15 Juli	24 Juli	26,5 Juli	16 Juli	7 Juli	30 Juli	25 Juli	29 Juli	10 Juli	—	19 Juli	20,1 Juli
Hordeum v. aestiv.²)	28 Juli	—	15 Aug.	24 Juli	15 Juli	30 Juli	9 Aug.	21 Juli	17 Juli	—	3 Aug.	28,3 Juli
Avena sativa	2 Aug.	31 Aug.	30 Aug.	2 Aug.	30 Juli	15 Aug.	8 Aug.	18 Aug.	4 Aug.	—	25 Aug.	13,3 Aug.

¹) Einige Daten sind durch Combination dieser 8jährigen Beobachtungen mit der im Anhang mitgetheilten Tabelle berechnet worden (nämlich durch Bestimmung des arithmetischen Mittels der 8 + 18 Angaben).

²) Vielleicht beziehen sich einige Beobachtungen auf die ziemlich häufig angebaute Knopfgerste (H. hexastichon).

II. 1500—2000 P. Fuss (mittlere Höhe = 1747').

	Mittödi (46, 47, 50)	Hof Wisler (46)	Malans (46, 49)	Thun (49)	Opferahofen (48, 49)	Oappel (48, 49)	Lohn (46, 49)	Mittel.	Diff. Tab. I.
Blüthenbildung.									
Hordeum vulg. hib.	23 Mai	—	—	15 Juni	23 Mai	30 Mai	24 Mai	29,2 Mai	9,4
Secale cereale	7 Juni	—	24 Mai	—	30 Mai	29 Mai	26 Mai	29,4 Mai	7,6
Triticum Spelta	21 Juni	15 Juni	10 Juni	10 Juni	12 Juni	12 Juni	10 Juni	12,9 Juni	5,1
Hordeum vulg. aestiv.	—	—	—	—	1 Juli	15 Juni	7 Juli	27,6 Juni	9,9
Avena sativa	—	—	—	—	10 Juli	10 Juli	12 Juli	10,6 Juli	6,0
Solanum tuberosum	22 Juni	4 Juli	23 Juni	(20 Juli)	28 Juni	(12 Juli)	27 Juni	26,8 Juli	10,2
Vitis vinifera	17 Juni	2 Juli	14 Juni	15 Juni	20 Juni	—	19 Juni	19,5 Juni	4,1
Lilium candidum	5 Juli	—	20 Juni	5 Juli	2 Juli	4 Juli	10 Juli	2,7 Juli	4,4
Tilia europaea L.	12 Juli	21 Juni	2 Juni	20 Juni	26 Juni	18 Juni	20 Juni	21,3 Juni	1,2
Heuernte	2 Juni	4 Juni	8 Juni	20 Juni	15 Juni	13 Juni	19 Juni	11,6 Juni	1,6
Fruchtreife.									
Pr. avium	16 Juni	2 Juli	1 Juni	2 Juli	19 Juni	20 Juni	20 Juni	20 Juni	7
Hordeum v. hib.	15 Juli	—	—	1 Juli	28 Juni	2 Juli	23 Juni	1,8 Juli	7
Secale cereale	—	—	(2 Juli)	—	14 Juli	24 Juli	18 Juli	18,6 Juli	7,8
Triticum Spelta	9 August	31 Juli	15 Juli	24 Juli	22 Juli	22 Juli	21 Juli	25 Juli	4,9
Hordeum v. aestiv.	—	2 August	18 Juli	—	7 August	17 August	6 August	3,8 August	6,5
Avena sativa	—	17 August	—	—	17 August	22 August	14 August	17,5 August	4,2

Das arithmetische Mittel aller Differenzen ist 6,056 = 13,8 %₀₀; mit Weglassung der etwas unsichern Kartoffelblüthe und der kleinen Differenzen für das Blühen der Linde und weissen Lilie = 6,45 = 11,7 %₀₀. In (—) geschlossene Ziffern wurden nicht berücksichtigt.

III. 2000—2560 P. Fuss (mittlere Höhe 2402').   IV. Schaffh. & Lohn.   V. 5000 P. Fuss.   VI. 5270 P. Fuss.

	Illfingen (46)	Menzingen (46, 47)	Matt (47)	Mittel.	Diff. vgl. T. II	Schaffh. (gleiche Jahrg.)	Lohn	Diff.	Nufenen (45, 46)	Diff. (Matt)	Beers	Diff. vgl. T. 1
Blüthenbildung.												
Hordeum vulg. hib.	27 Mai	28 Mai	—	28 Mai	—	19 Mai	26 Mai	7	—		—	—
Secale cereale	7 Juni	7 Juni	—	7 Juni	8,6	20 Mai	26 Mai	6			11 Juli	51,8
Triticum Spelta	20 Juni	18 Juni	—	19 Juni	6,1	12 Juni	18 Juni	6				
Hordeum vulg. aestiv.	5 Juli	10 Juli	—	7,5 Juli	9,9	4 Juli	5 Juli	(1)			23 Juli	35,3
Avena sativa	15 Juli	(7 Juli)	—	15 Juli	4,4	4 Juli	12 Juli	8				
Solanum tuberosum	1 Juli	1 Juli	17 Juni	26,3 Juni	—	—	—	—	20 Juli	33	18 Aug.	63,6
Vitis vinifera	24 Juni	—	—	24 Juni	4,4	16 Juni	16 Juni	—	Rhododendron:		Rhododendron:	
Lilium candidum	6 Juli	8 Juli	2 Juli	5,3 Juli	2,6	6 Juli	10 Juli	4	12 Juni		21,4 Juni	
Tilia europaea	—	3 Juli	—	3 Juli	1,7	17 Juli	23 Juli	6	Primula viscosa:		Primula viscosa:	
Heuernte	15 Juni	8 Juni	10 Juni	11 Juni	—	12 Juni	16 Juni	8	10 Mai		11 Mai	
									Henernte: 14 Juli	34	Heuernte: 19,6 Juli	39,6
Fruchtreife.												
Pr. avium	2 Juli	14 Juni	6 Juni	17,3 Juni	—	—	—	—				
Hordeum v. hib.	7 Juli	12 Juli	—	9,5 Juli	7,7	—	—	—				
Secale cereale	16 Juli	5 Aug.	—	26 Juli	7,4	10 Juli	18 Juli	8			14 Sept.	66,8
Triticum Spelta	20 Juli	23 Juli	—	21,5 Juli	3,5							
Hordeum v. aestiv.	8 Aug.	12 Aug.	30 Aug.	16,6 Aug.	12,8	28 Juli	5 Aug.	8			12 1/4 Spt.	46,0
Avena sativa	8 Aug.	—	—	(8 Aug.)	—	2 Aug.	10 Aug.	8				

Mittlere Diff. = 7,2   Mittlere Diff. = 6,9   M. Diff. = 33,5   M. Diff. = 50,5

= 11 °/oo   = 11 °/oo   = 13,7 °/oo   = 12,8 °/oo

Wir erhalten also (nach Tab. I[1]) und II) für die Sommerphänomene, wenn wir die kleinen Differenzen für die Heuernte und das Blühen der Linde, die von einigen abweichenden Daten in Tab. II herrühren, ebenso die wegen der Verschiedenheit der Sorten etwas unsichere Kartoffelblüthe unberücksichtigt lassen, eine stärkere Verzögerung mit der Höhe, als für die Entwicklung der Natur im Frühling. Den Grund hievon möchte man im ersten Augenblicke in die längere Dauer der Fruchtreife in höheren Regionen zu legen versucht sein; denn nimmt man für die Curve der Cerealienblüthe die mittlere Neigung von 13 %/₀₀ an, so wird sich für die Fruchtreife in Folge des mit der Höhe wachsenden Abstandes von der Blüthe eine grössere Neigung ergeben, die denn natürlich auch das arithmetische Mittel in die Höhe schraubt. Für durchaus normale Verhältnisse ist dieses Raisonnement auch vollkommen gegründet; auf den vorliegenden Fall findet es aber keine Anwendung. Wir sehen nämlich in Tabelle II. bei der Blüthenbildung sogar grössere Differenzen auftreten, als bei der Fruchtreife, finden daher auch das für diese letztere aufgestellte Gesetz (längere Dauer in grössern Höhen) in der Höhenscala der in jene Tabelle aufgenommenen Stationen nicht bestätigt. Bei der kleinen Differenz von nur 437′ und dem so verschiedenen Gang der Sommertemperatur, je nach der Exposition der Stationen, der Richtung der Thäler und der Bodenbeschaffenheit etc., kann diese der allgemeinen Regel widersprechende Thatsache auch gar nicht auffallen, haben ja doch St. Gallen und Chur, obschon beziehungsweise 450 und 500′ über Zürich gelegen, mit diesem ungefähr gleiche Sommertemperatur (17½—18⁰ C). Wir müssen uns demnach die stärkere Verzögerung der Vegetation im Sommer auf andere Weise zu erklären suchen. Die raschere Temperaturabnahme mit der Höhe, die in den Sommermonaten stattfindet, mag auch hier den gleichen steigernden Einfluss ausüben, den wir schon oben beim Vergleich der Alpen mit dem Jura kennen gelernt haben. Die Thermometerbeobachtungen von Zürich, Lenzburg und Bern, verglichen mit denjenigen von Bevers, lassen freilich eine Zunahme der Temperaturdifferenzen im Sommer entweder gar nicht, oder nur in sehr geringem Grade erkennen und erklären dadurch zum Theil das abweichende Resultat, welches die wenigen Angaben über die Sommerphänomene in Bevers geliefert haben. Für die in Tabelle I und II angeführten Stationen darf aber gewiss mit grosser Wahrscheinlichkeit angenommen werden, dass sie der Mehrzahl nach dieses ausnahmsweise Verhalten nicht theilen und daher der gegebenen Erklärung nicht widersprechen. Nach Schlagintweit beträgt nun aber die mittlere Erhebung für 1⁰ C Temperaturabnahme in den Monaten Juni und Juli 443 Fuss, verhält sich also zu dem für die Monate März, April und Mai berech-

---

[1]) Ueber das Blühen der Weinrebe finden sich in Tab. I mehrere zuverlässige Daten. Besondere Aufmerksamkeit verdienen namentlich die Angaben von Lenzburg, Zürich, Rafz und Glarus, die sich alle auf vieljährige Beobachtungen stützen. Die 34 Jahre umfassenden Beobachtungen geben für den Verlauf der Blüthe folgende Daten:

Anfang	. .	17,4 Juni
Volle Blüthe	.	25,6 „
Verblüht	. .	6,7 Juli

Der Beobachter, Herr Dr. Graf in Rafz, macht in Beziehung auf den Eintritt dieser Epochen auf die fast vollkommene Uebereinstimmung der Jahre 1834 und 1846 aufmerksam. Die Differenzen betragen in der That nur 1—2 Tage, und die Weinlese fällt in beiden Jahrgängen auf den 30. September.

neten Mittel (513') ungefähr wie 13 : 15. Dieses Zahlenverhältniss lässt für die Sommerphänomene auf 1000 Fuss eine Verzögerung von ungefähr 15 Tagen erwarten, welches Resultat mit
dem aus Tabelle I. und II. abgeleiteten annähernd übereinstimmt. Was die übrigen, aus
Tab. III und IV berechneten Differenzen betrifft, so gelten hier die gleichen Bemerkungen,
die schon bei Betrachtung der Frühlingserscheinungen mitgetheilt wurden; übrigens ist auch
hier eine Zunahme der Tageszahl nicht zu verkennen. Auch wurde bereits erwähnt, dass die
verhältnissmässig hohe Sommertemperatur in Bevers ein Abweichen vom normalen Verhältniss
begreiflich mache. Es muss also vorläufig, bis ausgedehntere Beobachtungen eine genauere
Bestimmung möglich machen, die Differenz der Tab. I und II als massgebend betrachtet und
für die Alpen auf 1000 Fuss eine durchschnittliche Verzögerung der Sommerphänomene von
14—15 Tagen angenommen werden.

Die Angaben aus dem Jura (siehe die folgende Tabelle) enthalten so viele Widersprüche,
dass sie nur mit der grössten Vorsicht zu Vergleichen benutzt werden dürfen. Diejenigen unter
ihnen, welche noch am ehesten ein Gesetz erkennen lassen, sind durch grössern Druck besonders
hervorgehoben worden. Sie beziehen sich auf die am häufigsten angebauten Cerealien Triticum
vulgare und Secale cereale.

	Montbéliard Béfort	Bellerive Lugnes Damphreux	Differenzen	Neuveville Delémont Porrentruy Glacelier	Differenzen	Bressancourt Montiers	Differenzen	Péry Court	Differenzen	Renan	Differenzen	Les Bois	Differenzen
	(1035')	(1300')		(1356')		(1615')		(2000')		(2758')		(3186')	
Blüthenbildung.													
Hordeum vulg. hib.	22 Mai	27 Mai	5	1 Juni	10	—		28 Mai	6	—		—	
Secale cereale	29 Mai	1 Juni	3	2 Juni	4	2 Juni	4	5 Juni	7	—		—	
Triticum vulgare	9 Juni	10 Juni	—	14 Juni	5	16 Juni	7	20 Juni	11	30 Juni	21	—	
Hordeum v. æstiv.	1 Juli	3 Juli	2	26 Juni	—	27 Juni	—	13 Juni	—	—		22 Juli	21
Avena sativa	5 Juli	4 Juli	—	1 Juli	—	8 Juli	3	26 Juni	—	—		2 Aug.	28
Lilium candidum	3 Juli	2 Juli	—	10 Juli	7	4 Juli	—	10 Juli	7	—		24 Juli	21
Tilia europæa L.	2 Juli	26 Juni	—	22 Juli	—	5 Juli	3	3 Juli	—	—		18 Juli	16
Heuernte	11 Juni	16 Juni	5	12 Juni	—	21 Juni	10	20 Juni	9	3 Juli	22	9 Juli	28
Fruchtreife.													
Pr. avium	6 Juni	25 Juni	—	26 Juni	—	2 Juli	(26)	14 Juli	—	—		12 Aug.	(67)
Hordeum vulg. hib.	3 Juli	3 Juli	—	8 Juli	5	5 Juli	2	3 Juli	—	—		—	
Secale cereale	12 Juli	13 Juli	—	15 Juli	3	17 Juli	5	27 Juli	15	—		—	
Triticum vulgare	21 Juli	21 Juli	—	22 Juli	—	28 Juli	7	31 Juli	10	—		26 Aug.	36
Hordeum v. æstiv.	4 Aug.	2 Aug.	—	29 Juli	—	9 Aug.	5	28 Juli	—	—		21 Aug.	17
Avena sativa	10 Aug.	—		14 Aug.	4	—		29 Juli	—	—		3 Sept.	23

Mittlere Differenzen 3.75   5,4   5,1   9,3   21,5   23,75

= 14,1 %00   = 16,8 %00   = 8,8 %00   = 9,6 %00   = 12,1 %00   = 11 %00

Das Mittel aller Differenzen ist 12,1 %00.

Die Reihen der grösser gedruckten Daten geben die Diff. 12,8; 10,9; 12,4; 12,2 %00; Mittel: 12,1 %00.

5

Wir können den erhaltenen Mitteln allerdings keinen grossen Werth beilegen, dürfen auch desswegen die Combination mit den Temperaturverhältnissen, die ohnehin noch nicht hinlänglich festgestellt sind, unterbleiben lassen; dessenungeachtet scheinen jene Mittel ein Beweis mehr zu sein, dass die Verzögerung der Vegetation im Jura durchgehends geringer ist, als in den Alpen, und dass Zahlen, wie sie Thurmann (a. a. O. pag. 51. 290) gefunden hat (17,8 °/₀₀; 14°/₀₀), mit der Wirklichkeit nicht übereinstimmen. Es ist auch gar nicht einzusehen, warum im Jura eine stärkere Verzögerung stattfinden sollte, und ich muss gestehen, dass mir die Argumentation des gelehrten Verfassers der Phytostatique (pag. 52), nach welchem die um 1° nördlichere Lage der Grund hievon wäre, nicht einleuchten will. Wir vergleichen ja nicht die Alpen mit dem Jura, sondern nur Stationen dieses letztern mit einander, und hier kann ein Breitenunterschied von 1° doch gewiss nicht in Betracht kommen — abgesehen davon, dass er für die in den Tabellen angeführten Stationen gar nicht existirt. — Nach Allem, was bisher für die Alpen und den Jura mit ziemlicher Sicherheit festgestellt wurde, lässt sich für die Sommererscheinungen die Tageszahl der Verzögerung nicht höher als 12—12½ annehmen, es wäre denn, dass die Sommertemperatur mit der Höhe ungemein viel rascher abnehmen würde, als man dies nach Analogie mit den Alpen vermuthen darf.

In Beziehung auf die Dauer der Fruchtreife [1]) ist bereits bemerkt worden, dass eine Verlängerung derselben in grössern Höhen in den Stationen der Tab. I—III nicht stattfindet, und zwar zum Theil in Folge der hohen Sommertemperatur mancher Localitäten, zum Theil auch wohl wegen der kleinen Differenzen, die selbst unter normalen Verhältnissen auf so geringe Höhenunterschiede fallen müssten und die auch dem genauen Beobachter sehr leicht entgehen können. In folgender Uebersicht sind einige Angaben, wie sie aus Tabelle I u. ff. abgeleitet werden können, zusammengestellt.

Dauer der Fruchtreife in Tagen.

	Tab. I	Tab. II	Tab. III	Tab. VI Bevers	Lenzburg	Zürich	Frauenfeld	Menzingen
Wintergerste	36	33,6	42,5	—	—	34	34	45
Roggen	50	50,2	49,0	65	54	59,6	44	59
Korn (Tr. Spelta)	42,3	42,1	32,5	—	44	44,5	37	35
Sommergerste	40,6	37,2	40,1	51¼	—	—	—	—
Hafer	39,7	37,9	—	—	—	—	—	—
Weinrebe	117,5	119,7	122	—	113	119,1	112	—
Kirschen	54,8	56,6	(43,6)	—	52	(36)	61	52

Es wäre nun interessant, mit der Dauer der Fruchtreife auch die Temperatur der einzelnen Tage in Verbindung zu bringen, um dadurch vergleichbare Zahlen für das Wärmequantum zu

---

[1]) Ueber die Zeit von der Aussaat bis zur Fruchtreife sind nur Beobachtungen von Herrn Dr. Graf in Rafz vorhanden. Dieser den Freunden der Botanik bekannte Beobachter berichtet über die Sommergerste Folgendes: Sie ward zwischen dem 3. April und 8. Mai gesäet, zwischen dem 15. Juli und 5. August geerntet, und brauchte vom Tage der Aussaat an bis zu dem der Ernte gezählt und im Mittel von 17 verschiedenen Aeckern 98 Tage. Am 3. und 4. April gesäete Sommergerste erreichte die Reife zur Ernte nach 101 Tagen, am 26. April gesäete nach 92, am 8. Mai gesäete nach 89 Tagen, — also im Mittel nach 3 Monaten.

erhalten, welches der reifenden Frucht während ihrer Entwicklung zu Gute kommt. Ein vor-
läufiger Versuch, der sich auf die Thermometerbeobachtungen von Zürich und Lenzburg stützte,
gab indessen höchst unbefriedigende Resultate. Da nämlich die Sommertemperatur in Lenzburg
bedeutend höher steigt, als in Zürich, die Dauer der Fruchtreife aber gegen das umgekehrte
Verhältniss hinneigt, so müssen auch die von der nämlichen Pflanze empfangenen Wärmesummen
für Zürich und Lenzburg verschieden ausfallen, gleichviel, ob man bloss die Quadratur der
Temperaturcurve zwischen den der Blüthenbildung und Fruchtreife entsprechenden Ordinaten
suche, oder ob man mit Quetelet die Quadrate der Temperaturen in Rechnung bringe. Auf
eine genaue Uebereinstimmung dürfte man freilich auch im günstigsten Falle nicht rechnen, da
die mittlere Temperatur im Schatten für die von der Pflanze absorbirte (je nach Farbe, Glanz etc.
grössere oder kleinere) Wärmemenge ein höchst unsicheres Mass ist; allein so grosse Differenzen, wie sie aus dem Vergleich von Lenzburg und Zürich hervorgehen, können nur von
localen Verhältnissen der Beobachtungsstationen herrühren, welche den Fruchtfeldern wahrscheinlich nicht zukommen. Es existirt eben gegenwärtig für Thermometerbeobachtungen noch
keine Methode, welche zum Studium der periodischen Erscheinungen vollkommen vergleichbare
Resultate lieferte. — Dass die Fruchtreife in höhern Regionen bei geringerer Wärme eintritt,
versteht sich wohl von selbst; es ist dies eine nothwendige Folge der Temperaturabnahme mit
der Höhe. Ob aber diese geringere Temperatur durch die längere Dauer der Fruchtreife com-
pensirt werde, ist eine Frage, die einer sorgfältigen Prüfung bedarf. Die bisherigen Beobachtungen, auch die spärlichen Angaben von Bevers, sprechen dagegen, — die während der Fruchtreife empfangene Wärmesumme nimmt mit der Höhe ab. Mag nun auch der gesteigerte Licht-
reiz in höhern Regionen, verbunden mit andern modificirenden Einflüssen, das aus unsern
Thermometerbeobachtungen abgeleitete Verhältniss dieser Abnahme beträchtlich ändern, so wird
doch durch den geringern Körnerertrag der Cerealien die Richtigkeit der Regel im Allgemeinen
bestätigt. Gerade weil die Cerealien, vielleicht in höherm Grade, als andere Pflanzen, auch
mit geringen Wärmemengen vorlieb nehmen können, haben sie einen so grossen Verbreitungs-
bezirk.

III. Herbstphänomene.

Die Herbstphänomene sind wohl unter allen Erscheinungen in der Pflanzenwelt diejenigen,
welche zur Aufstellung allgemeiner Gesetze über den Einfluss der absoluten Höhe und der Temperatur sich am wenigsten eignen. Denn einmal sind die bedingenden Ursachen für manche
derselben, z. B. für die Fruchtreife der Weintrauben und das Blühen der Zeitlose, theilweise
im Sommer zu suchen und sind dann überhaupt der Art, dass sie in grössern Höhen an In-
tensität verlieren und daher auch ein immer späteres Eintreten der betreffenden Vegetationsepochen herbeiführen. Dann ist aber auch der beschleunigende Einfluss des von oben nach
unten fortschreitenden Herbstes in manchen Fällen nicht zu verkennen und tritt gerade bei
der Fruchtreife, gewöhnlich zum Nachtheil der weitern Ausbildung der Früchte, recht deutlich
hervor. Bei den eigentlichen Vorboten des Winters, dem Vergelben der Buchenwälder etc.,
kommt er allein in Betracht. Auf diese Weise kommen bei den herbstlichen Veränderungen in

der Pflanzenwelt nicht selten zwei Ursachen in's Spiel, deren Wirkungen schwer aus einander zu halten sind. Je nachdem die eine oder andere bei einer bestimmten Vegetationserscheinung die Oberhand gewinnt, wird dieselbe in grössern Höhen später oder früher eintreten; sie wird im einen Fall von unten nach oben, im andern von oben nach unten fortschreiten. Der letztere Fall findet bei der Entfärbung und dem Blattfall der Buchen und überhaupt der Laubbäume, sowie bei der ersten Reifbildung und allen Vorboten des Winters statt; der erstere bei der Blüthenbildung und Fruchtreife, resp. beim Erscheinen der Zeitlose und der Weinlese. Die Zeitlose kommt jedoch in manchen Fällen in den verschiedensten Höhen fast gleichzeitig zum Vorschein.

Die nachstehenden Tabellen, in welchen diese Herbstphänomene zusammengestellt sind, mögen einer weitern Betrachtung derselben als Grundlage dienen.

I. Unter 1500 P. Fuss (mittlere Höhe 1310').

	Schaff-hausen	Lenz-burg	Zürich	Frauen-feld	Rafz	Mar-bach	Küss-nacht	Eigen-thal	Glarus	Mettmen-stetten	Mittel.
	(46-48)	(30 J.)	(46-53)	(46-48)	(46)	(46,47)	(46-52)	(46,17)	(45 J.)	(48-49)	
Blühen d. Zeitlose	29 Aug.	21 Aug.	19 Aug.	20 Aug.	9 Aug.	1 Spt.	16 Aug.	20 Aug.	—	24 Aug.	21,1 Aug.
Anfang d. Entfärbung d. Buchen	5 Oct.	[2 Nov.] (2 J.)	28 Spt.	8 Oct.	5 Oct.	—	—	—	16 Oct.	30 Spt.	5,3 Oct.
Anf. d. Weinlese	2 Oct.	5 Oct.	10,4 O. (17 J.)	14 Oct.	10,7 O. (34 J.)	13 Oct.	18 Oct.	16 Oct.	—	9 Oct.	10,9 Oct.
Blattfall der Buchen . .	[30 Nov.]	4 Nov.	9 Nov.	—	18 Nov.	1 Nov.	1 Nov.	8 Nov.	9 Nov.	9 Nov.	7,4 Nov.
Erster Frost .	15 Oct.	7 Oct.	10 Oct.	11 Oct.	23 Oct.	18 Oct.	19 Nov.	19 Nov.	8,5 O.	13 Oct.	20,5 Oct.
Abzug d. Schwalben . . .	18 Spt.	1 Spt. (4 J.)	12 Spt.	—	—	—	12 Oct.	27 Spt.	—	15 Spt.	19,2 Spt.
Abzug d. Störche	—	19 Aug.	—	—	—	—	—	—	—	30 Aug.	24,5 Aug.

II. 1500—2000 P. Fuss.

	Mitlödi	Hof Wisler	Malans	Thun	Opfers-hofen	Cappel	Lohn	Mittel.	Diff. (Tab. I)
	(46,47,50)	(46)	(46,49)	(49)	(48,49)	(48,49)	(46,49)		
Blühen der Zeitlose	11 Aug. (46)	8 Sept.	22 Aug.	25 Aug.	5 Sept.	23 Aug.	3 Sept.	27.1 Aug.	+ 6
Anfang d. Entfärbg. der Buchen	25 Sept.	15 Sept.	20 Sept.	—	22 Sept.	28 Sept.	10 Sept.	20 Sept.	— 15,3
Anfang d. Weinlese	—	27 Oct.	14 Oct.	15 Oct.	13 Oct.	—	—	17,2 Oct.	+ 6,3
Blattfall der Buchen	—	27 Nov.	8 Nov.	—	—	5 Nov.	22 Nov.	15,5 Nov.	+ 8,1
Erster Frost	—	9 Nov.	28 Oct.	31 Oct.	26 Oct.	1 Oct.	10 Oct.	22,6 Oct.	+ 2,1
Abzug d. Schwalben	6 Oct.	20 Sept.	15 Sept.	—	18 Sept.	10 Sept.	21 Sept.	20 Sept.	— 1
Abzug der Störche	—	7 Sept.	—	—	—	—	—	7 Sept.	+ 13

III. 2000—2560 P. Fuss.   IV. & V. 5000, 5270 P. F.

	Hüfingen (46)	Menzingen (46, 47)	Matt (47)	Mittel.	Nufenen (45, 46)	Bevers (47—50, 53)
Blühen der Zeitlose	—	24 Aug.	—	24 Aug.	15 Aug.	22,5 Aug. (4 Jahre)
Anfang der Entfärbung der Buchen	10 Oct.	26 Sept.	1 Sept.	22 Sept.	—	—
Anfang der Weinlese	—	24 Oct. (47)	‚ —	24 Oct.	—	—
Blattfall der Buchen	20 Nov.	18 Nov.	—	19 Nov.	—	—
Erster Frost	14 Sept.	13 Sept.	15 Sept.	14 Sept.	21 Sept.	—
Abzug der Schwalben	9 Sept.	14 Sept.	30 Sept.	18 Sept.	5 Oct.	13,4 Sept.

VI. Beobachtungen im Jura vom Jahr 1849.

	Montbéliard Béfort 1035'	Bellerive Lugnez Damphreux 1300'	Neuveville Delémont Porrentruy Glovelier 1356'	Bressaucourt Moutiers 1615'	Péry Court 2000'	Renan 2758'	Les Bois 3186'
Blühen der Zeitlose	1 Sept.	24 Aug.	26 Aug.	26 Aug.	24 Aug.	—	20 Aug.
Anfang der Entfärbung der Buchen	14 Sept.	27 Aug.	17 Sept.	20 Sept.	6 Sept.	4 Oct.	27 Sept.
Blattfall der Buchen	20 Nov.	1 Nov.	25 Oct.	10 Nov.	19 Oct.	3 Nov.	22 Oct.
Erster Frost	14 Nov.	30 Oct.	5 Nov.	{ 18 Oct. 9 Sept.	{ 29 Oct. 22 Aug.	7 Oct.	15 Sept.
Abzug der Schwalben	15 Sept.	20 Sept.	13 Sept.	23 Sept.	22 Aug.	—	12 Sept.

Aus Tabelle I und II ergibt sich also für das Blühen der Zeitlose und die Weinlese eine mittlere Differenz von 6,3 Tagen = 14 %ₒ. Es stimmt dies, wie zu erwarten war, mit den früher gefundenen Mitteln ziemlich überein und deutet überdies darauf hin, dass neben den Sommertemperaturen, die hier auf jeden Fall wesentlich influenziren, auch der Einfluss des Herbstes sich hauptsächlich nach Massgabe der Temperatur geltend mache, so dass für diese Herbstphänomene die Verzögerung mit der absoluten Höhe in höherem Grade hervortreten muss. Dafür sprechen die Mittel der Tab. I und II, und es darf hervorgehoben werden, dass für das Erscheinen der Zeitlose, insbesondere aber für die Weinlese von mehreren Orten vieljährige Beobachtungen vorliegen (von Zürich, Lenzburg, Rafz, Glarus, Küssnacht), folglich die hieraus berechneten Differenzen ziemlich zuverlässig sind. In grösseren Höhen mag sich freilich die Sache anders verhalten. So ist es z. B. auffallend, dass die Herbstzeitlose in Bevers nach einem Mittel von 4 Jahren schon am 22. August erscheint, und in Nufenen nach einem Mittel von zwei Jahren schon am 15. August. Ebenso zeichnen sich auch die Angaben vom Jura, hier ohne Ausnahme alle — von Montbéliard bis Les Bois, durch ihre auffallende Uebereinstimmung aus (S. Tab. VI). Solche Thatsachen sind es eben, welche als eine merkwürdige Ausnahme von den gewöhnlichen Gesetzen auf Ursachen hindeuten, die von den bisher in Rechnung gebrachten gänzlich verschieden sind.

Was nun die eigentlichen Vorboten des Winters betrifft, voraus die **Entfärbung der Buchen**, so sind hierüber die Angaben allerdings weniger zuverlässig. Bei Erscheinungen nämlich, die oft so allmälig und unvermerkt eintreten, wie der herbstliche Farbenwechsel der Buchen, kann man über den zu notirenden Zeitpunkt, wo die Erscheinung deutlicher in die Augen fällt, verschiedener Ansicht sein. Ebenso unsicher ist der **Blattfall der Buchen**; er kann am einen Orte plötzlich durch einen starken Wind, am andern allmälig durch die zunehmende Kälte herbeigeführt werden. Gerade weil diese beiden Herbstphänomene einen so grossen Spielraum haben, sind Angaben hierüber nur dann vergleichbar, wenn sie die Mittel vieljähriger Beobachtungen sind. Von Zürich, Lenzburg und Glarus sind zwar solche Beobachtungen vorhanden, und es darf daher auch das in Tab. I gegebene Datum als ein dem wahren Mittel nahe stehendes bezeichnet werden; dagegen fehlen sie für die Stationen der Tabellen II bis VI. Aus diesem Grunde halte ich es für überflüssig, die Verzeichnisse dieser letzteren Tabellen zu weitern Vergleichungen zu benutzen; ich ziehe es vor, auf einige Thatsachen hinzudeuten, die sich aus mehrjährigen Beobachtungen in Glarus ergeben haben [1]. Am Stöckli, einem etwa 1500′ über Glarus gelegenen Vorsprunge des Glärnisch, beginnt das Vergelben des Buchenlaubes nach einem Mittel von 7 Jahren 16 Tage früher, als in der Thalsohle, während es im Frühling 20 Tage dauert, bis das Grün der Buchen von Glarus bis zu dieser Höhe hinaufgestiegen. Die herbstliche Färbung der Buchen schreitet demnach mit einer Geschwindigkeit von 10,6 % von oben nach unten, das Buchengrün dagegen mit der etwas geringern Geschwindigkeit von 13,3 % von unten nach oben vor. Es wäre sehr wünschbar, dass solche Beobachtungen bis zur Höhe von 4250′, zu welcher die Buchen durchschnittlich hinaufsteigen, ausgedehnt würden.

Betreffend die **ersten Herbstfröste** will ich mich darauf beschränken, auf die merkwürdige Gleichzeitigkeit derselben in Lenzburg, Zürich und Glarus aufmerksam zu machen. Nach vieljährigen Mitteln fällt nämlich der erste Reif an allen drei Stationen zwischen den 7. und 10. October — ein Datum, das weniger für Glarus, als für Zürich und Lenzburg auffallend erscheint, besonders wenn man damit Aarau vergleicht, wo nach einem Mittel von 33 Jahren der erste Reif auf den 25. October fällt.

Die wenigen Angaben über den **Abzug der Schwalben und Störche** bedürfen keines Commentars.

Nachdem im Vorgehenden die wichtigsten Herbstphänomene kurz besprochen worden, mag es noch von Interesse sein, durch Combination der beiden Daten für die Begrünung und das Vergelben der Buchenwälder die Dauer der Vegetationszeit der Buche zu bestimmen.

Vegetationszeit der Buche in Tagen.

Tab. I	Tab. II	Zürich	Glarus	Jura [2]
160,6	140,8	163	168	(125)

[1] Vgl. Heer, „Klima und Jahreszeiten" in der Beschreibung des Kantons Glarus.

[2] Die verschiedenen Colonnen der Tab. VI geben für die Vegetationszeit der Buche auffallend kleine Zahlen, die ohne bestimmte Reihenfolge zwischen 113 und 136 schwanken: daher wurde in die Tabelle das arithmetische Mittel aufgenommen.

In der Ebene dauert demnach die Vegetationszeit der Buchen etwa $5\frac{1}{2}$ Monat, der Vegetationsstillstand $6\frac{1}{2}$ Monat. Für grössere Höhen mangeln zwar sichere Daten; jedoch kann unter der oben begründeten Voraussetzung, dass das Buchengrün mit einer Geschwindigkeit von 13,3 % nach oben, der herbstliche Farbenwechsel aber mit einer Geschwindigkeit von 10,6 % nach unten vorrücke, die Dauer der Vegetationszeit der Buche an ihrer oberen Grenze (4250′) annähernd auf 95—100 Tage berechnet werden.

Es lässt sich zum Voraus erwarten, dass, während die kältere Temperatur höherer Regionen die Zeit des latenten Lebens verlängert, das wärmere Klima südlicher Länder eine Verkürzung derselben herbeiführen werde. In der That geht aus den Beobachtungen von Herrn Prof. Heer in Madeira[1]) hervor, dass dort die Buchen ihren Blätterschmuck etwa 45 Tage länger behalten, als in ihrer europäischen Heimath. Beachtenswerth ist aber immerhin, dass auch in Madeira, wo der Winter so warm ist, wie bei uns der Sommer, bei allen aus nördlichen Breiten eingeführten Bäumen ein Vegetationsstillstand eintritt.

---

[1]) Heer, Ueber die periodischen Erscheinungen der Pflanzenwelt in Madeira.

ANHANG.

Es folgen hier noch einige Tabellen, welche die Daten für die periodischen Erscheinungen bestimmter Jahrgänge enthalten. Ich habe denselben nur wenige begleitende Worte vorauszuschicken.

Die in Tab. I und II enthaltenen Angaben wurden einem in der Bibliothek der hiesigen Naturforschenden Gesellschaft vorhandenen Manuscript, betitelt »Gütherkalender im Reuenthal« (Röthel bei Zürich), entnommen. Die Beobachtungen von 1780—96 (Tab. II) rühren vom Verfasser selbst her und dürfen als zuverlässig bezeichnet werden. Nur beim Wiesengrün (»Grass kommt hervor«) scheint ein etwas vorgerückteres Stadium notirt worden zu sein. Unter Steinobst hat man Zwetschgen und Pflaumen zu verstehen; Pfirsiche und Aprikosen sind stets besonders angegeben. Die Angaben der Tab. II dagegen stützen sich auf Beobachtungen eines frühern Besitzers des »Reuenthals« und geben zum Theil ziemlich abweichende Mittel. (S. Heuernte, Kirschenblust, Rebenblüthe). Mehrere sehr späte Jahrgänge erklären die beträchtlichen Differenzen nur zum Theil; der Hauptgrund liegt ohne Zweifel in der verschiedenen Auffassungsweise des Beobachters, der vielleicht nicht den Anfang der Erscheinungen, sondern ein späteres Stadium (z. B. die volle Blüthe) aufzuzeichnen gewohnt war. Die auffallend späten Daten für die Rebenblüthe sind mir vollends unbegreiflich. — Aus Tab. I und II geht übrigens hervor, dass in gewissen Jahrgängen der Eintritt der nämlichen Vegetationserscheinung in Glarus sogar auf ein früheres Datum fällt, als in Zürich. Es kann dies wohl nur durch den beschleunigenden Einfluss des Föhnwinds erklärt werden, der in Glarus herrschend werden kann, ohne bis Zürich vorzudringen.

I. Zusammenstellung der Vegetationserscheinungen in Zürich von 1758—1779, nebst einigen Daten von Glarus.

Jahrgang	Kirschbaumblüthe Zürich	Glarus	Blühen der Weinrebe Zürich	Glarus	Heuernte	Roggenernte	Weizenernte	Weinlese
1758	—	—	—	—	9 Juni	—	—	17 Oct.
1759	—	—	—	—	6 Juni	—	—	2 Oct.
1760	—	—	—	—	10 Juni	4 Juli	16 Juli	6 Oct.
1761	—	—	—	—	12 Juni	14 Juli	21 Juli	7 Oct.
1762	—	—	—	—	9 Juni	13 Juli	—	4 Oct.
1763	23 April	—	9 Juli	—	20 Juni	26 Juli	1 Aug.	11 Oct.
1764	20 April	—	23 Juli	—	11 Juni	—	—	11 Oct.
1765	27 April	—	29 Juni	—	10 Juni	18 Juli	—	17 Oct.
1766	26 April	—	28 Juni	—	14 Juni	21 Juli	—	15 Oct.
1767	25 April	—	11 Juli	—	22 Juni	28 Juli	—	22 Oct.
1768	28 April	—	2 Juli	—	16 Juni	—	—	10 Oct.
1769	30 April	—	21 Juni	—	12 Juni	17 Juli	—	14 Oct.
1770	12 Mai	—	14 Juli	—	10 Juni	30 Juli	13 Aug.	24 Oct.
1771	8 Mai	—	3 Juli	—	10 Juni	—	—	15 Oct.
1772	18 April	—	1 Juli	—	—	—	—	15 Oct.
1773	24 April	—	17 Juli	—	—	—	—	24 Oct.
1774	9 April	12 April	18 Juni	18 Juni	—	—	—	7 Oct.
1775	27 April	1 Mai	1 Juli	19 Juni	—	—	—	14 Oct.
1776	20 April	19 April	29 Juni	—	—	—	—	15 Oct.
1777	19 April	18 April	5 Juli	—	—	—	—	22 Oct.
1778	10 April	14 April	27 Juni	14 Juni	11 Juni	—	—	17 Oct.
1779	14 April	13 April	15 Juni	5 Juni	—	—	—	7 Oct.
Mittel:	23,5 April	—	2,5 Juli	—	12,1 Juni	19 Juli	28,2 Juli	13,5 Oct.

II. Zusammenstellung der periodischen Erscheinungen in Zürich von 1780—1797 nebst einigen vergleichenden Daten von Glarus.

Jahrgang	Wiesengrün	Kirschbaumblüthe		Steinobstblth. A = Apricosen P = Pürsiche	Birnbaumblüthe	Apfelb.-Bl.	Roggenbl.	Weizenbl.
	Zürich	Zürich	Glarus	Zürich	Zürich	Zürich	Zürich	Zürich
1780	10 April	1 Mai	29 April	1 Mai	4 Mai	9 Mai	22 Mai	5 Juni
1781	4 April	5 April	11 April	13 April 5 P.	13 April	19 April	—	1 Juni
1782	19 April	29 April	27 April	5 Mai 1 P.	9 Mai	16 Mai	30 Mai	21 Juni
1783	1 April	11 April	12 April	26 April	11 April	26 April	14 Mai	12 Juni
1784	25 April	4 Mai	30 April	12 Mai 30 Apr. A.	14 Mai	16 Mai	28 Mai	4 Juni
1785	1 Mai	10 Mai	10 Mai	16 Mai	11 Mai	29 Mai	11 Juni	28 Juni
1786	13 April	23 April	23 April	25 April	24 April	8 Mai	22 Mai	14 Juni
1787	8 April	13 April	7 April	23 April 28 März A.	1 Mai	9 Mai	2 Juni	23 Juni
1788	23 März	14 April	15 April	23 April	23 April	1 Mai	9 Mai	7 Juni
1789	6 April	22 April	23 April	15 April A. 7 Mai P.	1 Mai	6 Mai	14 Mai	17 Juni
1790	24 März	19 April	18 April	21 April 28 März A.	19 April	4 Mai	23 Mai	9 Juni
1791	5 April	13 April	12 April	16 April	18 April	25 April	15 Mai	5 Juni
1792	2 April	12 April	12 April	5 Mai 20 April P.	16 April	29 April	17 Mai	14 Juni
1793	28 März	18 April	25 April	30 April	4 Mai	10 Mai	25 Mai	21 Juni
1794	3 April	28 März	1 April	3 April	13 April	24 April (18)	3 Mai	30 Mai
1795	9 April	17 April	19 April	20 April	1 Mai	6 Mai	13 Mai	9 Juni
1796	26 März	21 April	25 April	18 April	29 April	2 Mai	20 Mai	16 Juni
1797	—	17 April	14 April	—	—	—	17 Mai	12 Juni
Mittel:	6,6 April	18,6 April	19 April	25,3 April 23 P.	26,5 April	5,2 Mai	20,4 Mai	12 Juni

FORTSETZUNG.

Heuernte	Reife Kirschen	Blühen der Weinrebe		Roggenernte	Weizenernte	Roggensaat	Weizensaat	Weinlese.
Zürich	Zürich	Zürich	Glarus	Zürich	Zürich	Zürich	Zürich	Zürich
5 Juni	13 Juni	17 Juni	27 Juni	11 Juli	21 Juli	25 Sept.	13 Oct.	7 Oct.
—	—	3 Juni	25 Mai	12 Juli	19 Juli	29 Sept.	15 Oct.	29 Sept.
10 Juni	18 Juni	21 Juni	24 Juni	22 Juli	30 Juli	21 Sept.	10 Oct.	14 Oct.
16 Juni	12 Juni	29 Mai	12 Juni	10 Juli	25 Juli	16 Sept.	6 Oct.	9 Oct.
7 Juni	6 Juni	15 Juni	—	13 Juli	26 Juli	15 Sept.	9 Oct.	5 Oct.
23 Juni	26 Juni	30 Juni	—	2 Aug.	23 Aug.	28 Sept.	24 Oct.	25 Oct.
5 Juni	18 Juni	14 Juni	—	18 Juli	4 Aug.	21 Sept.	11 Oct.	17 Oct.
11 Juni	26 Juni	28 Juni	—	26 Juli	6 Aug.	21 Sept.	8 Oct.	22 Oct.
28 Mai	3 Juli (4 Juli)	2 Juni	11 Juni	10 Juli	17 Juli	25 Sept.	11 Oct.	30 Sept.
6 Juni	11 Juli	17 Juni	—	15 Juli	30 Juli	21 Sept.	7 Oct.	12 Oct.
14 Juni	24 Juni	12 Juni	—	21 Juli	26 Juli	23 Sept.	5 Oct.	13 Oct.
30 Mai	4 Juni	6 Juni	10 Juni	21 Juli	25 Juli	28 Sept.	8 Oct.	12 Oct.
30 Mai	17 Juni	18 Juni	—	25 Juli	30 Juli	2 Oct.	12 Oct.	15 Oct.
21 Mai	2 Juli	4 Juli	—	24 Juli	31 Juli	27 Sept.	8 Oct.	14 Oct.
13 Mai	19 Mai	2 Juni	—	10 Juli	15 Juli	6 Oct.	22 Oct.	21 Oct.
4 Juni	31 Mai	4 Juni	—	31 Juli	3 Aug.	—	14 Oct.	5 Oct.
11 Juni	15 Juni	22 Juni	—	26 Juli	1 Aug.	—	12 Oct.	17 Oct.
—	—	1 Juni	—	24 Juli	24 Juli	—	—	11 Oct.
4,9 Juni	17 Juni	13,5 Juni (15,5 Juni)	13 Juni	19,5 Juli	28,4 Juli	24,7 Sept.	11,5 Oct.	12,1 Oct.

6

III. Zusammenstellung der wichtigsten Vegetationserscheinungen

	Schaffhausen 1222'	Zürich 1270'	Küssnacht 1270'	Frauenfeld 1290'	Marbach 1300'	Eigenthal 1323'	Niederurnen 1330'	Winterthur 1360'
Letzter Schnee	20 März	19 März	—	22 März	—	—	19 März	19 März
Letzter Frost	28 April	28 April	22 April	28 April	28 April	28 April (30 Mai)	—	20 Mai
Wiesengrün	15-30 Apr.	3 Febr.	—	1 März	—	—	—	11 März
Huflattichblüthe	15 März	19 Febr.	—	16 Febr.	—	—	—	24 Febr.
Kirschbaumblüthe	10 April	2 April	1 April	4 April	1-7 April	—	30 März	1 April
Buchengrün	26 April	14 April	18 April	22 April (Belaubg.)	20 April	30 April	12.24 Apr.	29 April
Birnbaumblüthe	20 April	14 April	15 April	14 April	3 April	—	12 April	26 April
Apfelbaumblüthe	1 Mai	30 April	30 April	24 April	20 April	22 April	18 April	3 Mai
Roggenblüthe	16 Mai	18 Mai	—	20-25 Mai	20 Mai	11 Mai	—	16 Mai
Kornblüthe	4 Juni	2. 6 Juni	6 Juni	1. 6 Juni	14 Juni	30 Mai	11 Juni	29 Mai
Blühen d. Sommergerste	11 Juni	—	—	—	14-21 Juni	—	—	7 Juni
„ d. Weinrebe	14 Juni	8-18 Juni	10 Juni	12 Juni	5 Juni	1 Juni (Grubreb.)	6 Juni	14 Juni
„ d. weissen Lilie	—	18 Juni	—	11 Juli	7 Juni	—	—	—
Heuernte	3 Juni	2 Juni	25 Mai	5 Juni	22 Mai	—	—	10 Juni
Reife Kirschen	8 Juni	9 Juni	4 Juni	12 Juni	14 Juni	10 Juni	12 Juni	15 Juni
Roggenernte	27 Juni	29 Juni	22 Juni	6 Juli	—	—	—	7 Juli
Kornernte	4 Juli	5 Juli	13 Juli	8 Juli	—	—	7 Juli	10 Juli
Ernte d. Sommergerste	14 Juli	—	—	24 Juli	—	—	7-14 Juli	17 Juli
Erscheinen d. Zeitlose	—	15 Aug.	10 Aug.	7 Aug.	—	—	—	4 Aug.
Entfärbung d. Buchen	10 Oct.	—	—	15 Oct.	—	—	23 Sept.	—
Weinlese	2 Oct. (21 Sept.)	27 Sept.	1-10 Oct.	20 Sept.	1 Oct.	—	28 Sept.	—
Blattf. d. Buchen vollend.	30 Nov.	—	18 Nov.	—	—	—	—	—
Erster Frost	30 Nov.	23 Oct.	1 Dec.	7 Oct.	16 Nov.	—	—	—
Erster Schnee	30 Nov.	18 Nov.	12 Dec.	5 Nov.	1 Dec.	—	—	—

IV. Zusammenstellung der wichtigsten Vegetationserscheinungen

	Schaffhausen 1222'	Zürich 1270'	Küssnacht 1270'	Frauenfeld 1290'	Marbach 1300'	Eigenthal 1323'	Winterthur 1360'
Letzter Schnee	18 April	16 April	—	10 April	17 April	—	18 April
Letzter Frost	2 Mai	5 April	2 Mai	2 Mai	20 April (8 Juni)	2 Mai	3 Mai (8 Juni)
Wiesengrün	30 April	22 März	21 März	30 April	20 März	—	24 April
Huflattichblüthe	20 März	30 März	20 Febr.	12 April	1 März	—	—
Kirschbaumblüthe	4 Mai	1 Mai	23 April	3 Mai	30 April	3 Mai	3 Mai
Buchengrün	6 Mai	2 Mai	8 Mai	—	1-10 Mai	9-15 Mai	—
Birnbaumblüthe	11 Mai	14 April (8 Mai)	8 Mai	11 Mai	5 Mai	11 Mai	9 Mai
Apfelbaumblüthe	13 Mai	20 Mai	10 Mai	15 Mai	10 Mai	13 Mai	13 Mai
Roggenblüthe	24 Mai	21 Mai	23 Mai	25 Mai	4 Juni	19 Mai	23 Mai
Kornblüthe	10 Juni	15 Juni	16 Juni	—	2 Juni	3 Juni	12 Juni
Blühen d. Sommergerste	4 Juli	—	—	—	30 Juni	13 Juni	12 Juni
„ d. Weinrebe	19 Juni	15 Juni	25 Juni	28 Juni	25 Juni	5 Juni	16 Juni
„ d. weissen Lilie	6 Juli	1 Juli	5 Juli	11 Juli	3 Juli	7 Juli	—
Heuernte	20 Juni	1 Juni	1 Juni	16 Juni	4 Juni	15 Juni	16 Juni
Reife Kirschen	16 Juli	1 Juni	10 Juni	24 Juni	20 Juni	9 Juni	10 Juni
Roggenernte	10 Juli	9 Juli	15 Juli	12 Juli	14 Juli	18 Juli	—
Kornernte	20 Juli	30 Juli	1 Aug.	26 Juli	30 Juli	29 Juli	—
Ernte d. Sommergerste	28 Juli	15 Aug.	9 Aug.	—	30 Juli	21 Juli	—
Erscheinen d. Zeitlose	29 Aug.	30 Aug.	16 Aug.	1 Sept.	1 Sept.	20 Aug.	—
Entfärbung d. Buchen	20 Sept.	1 Oct.	—	—	1 Sept.	—	—
Weinlese	—	15 Oct.	30 Oct.	20 Oct.	26 Oct.	12-18 O.	—
Blattf. d. Buchen vollend.	—	—	1 Nov.	—	1 Nov.	—	—
Erster Frost	20 Sept.	19 Nov.	20 Nov.	20 Nov.	20 Sept.	—	—
Erster Schnee	—	18 Nov.	—	30 Nov.	17 Nov.	10 Nov.	—

im Jahr 1846.

Vinez 1400'	Sevelen 1428'	Bischofzell 1551'	Mitlödi 1594'	Hof Wisler 1710'	Malans 1718'	Breitenau 1792'	Lohn 1970'	Hüfingen 2166'	Menzingen 2480'	Nufenen 5000'
—	18 März	—	—	16 April	—	27 März	—	27 April	27 April	19 Mai
11 Apr.	14 März	28 April	—	26 April	28 April	27 April	—	20 Mai	27 April (30 Mai)	30 Mai
—	1 März	—	—	28 März	—	1 März	Febr.	15 Febr.	1 März	1 Mai
15 Fbr.	28 Fbr.	—	—	10 März	—	—	—	1 März	28 Febr.	1 März
11 Apr.	26 März	7 April	8 April	4 Mai	1 April	13 April	—	6 Mai	3 April	25 Mai
13 Apr.	12 Apr.	12 April	23 April	6 Mai	28 April	28 April	—	9. 17Ap.	26 April	—
14 Apr.	16 Apr.	13 April	3 Mai	12 Mai	15 April	25 April	—	6 Mai	23 April	—
3 Mai	—	28 April	—	16 Mai	30 April	—	—	15 Mai	1-20 Mai	—
17 Mai	1 Juni	30 Mai	—	—	24 Mai	2 Juni	26 Mai?	7 Juni	—	—
13 Juni	7 Juni	2 Juni	—	15 Juni	5 Juni	9 Juni	7 Juni	20 Juni	10 Juni	—
15 Juni	—	30 Juni	—	—	—	—	—	5 Juli	—	5 Juli?
—	8 Juni	10 Juni	9 Juni (Spaliere)	2 Juli	14 Juni	24 Juni	15 Juni (Spal.)	24 Juni	—	—
—	—	18 Juni	—	—	20 Juni	27 Juni	—	6 Juli	—	—
28 Mai	1 Juni	2 Juni	26 Mai	4 Juni	8 Juni	1 Juni	8 Juni	15 Juni	2 Juni	9 Juli
31 Mai	7 Juni	—	13 Juni	2 Juli	1 Juni	6 Juni	—	2 Juli	14 Juni	—
1 Juli	—	—	—	—	26 Juni	10 Juli	—	16 Juli	—	—
15 Juli	—	13 Juli	—	31 Juli	10 Juli	10 Juli	10 Juli	20 Juli	12 Juli	—
1 Aug.	—	—	—	2 Aug.	18 Juli	—	30 Juli	8-15 Aug.	—	30 Aug.
—	—	7 Aug.	11 Aug.	8 Sept.	14 Aug.	—	1 Sept.	—	16 Aug.	7 Aug.
—	—	27 Sept.	—	15 Sept.	26 Sept.	10 Sept.	15 Spt.?	10 Oct.	3 Oct.	—
16 Spt.	21 Spt.	7 Oct.	25 Sept.	27 Oct.	6 Oct.	21 Sept.	—	—	—	—
—	—	24 Nov.	—	27 Nov.	15 Nov.	—	—	20 Nov.	20 Nov.?	—
15 Nov.	1 Nov.	8 Nov.	31 Nov.	9 Nov.	27 Oct.	18 Nov.	30 Oct.	14 Sept.	15 Spt.} 1 Nov.}	15 Sept.
1 Dec.	3 Nov.	30 Nov.	—	1 Dec.	22 Dec.	30 Nov.	30 Nov.	23 Nov.	23 Oct.	29 Sept.

im Jahr 1847.

Hüttweilen 1380'	Mitlödi 1594'	Bibern 1880'	Lohn 1970'	Menzingen 2480'	Matt 2560'	Disentis 3800'	Bevers 5270'
18 April	18 April	18 April	18 April	17 April	18 Mai	14 Mai	12 Juni
2 Mai	20 April	2 Mai	2 Mai (8 Juni)	2 Mai (14 Juni)	29 Mai	26 Mai	—
20 März	20 April	März 23 April}	31 März	29 März	8 April	16 April	21 Mai
14 März	11 April	2 April	31 März.	17 März	—	30 März	8 Mai
4 Mai	2-8 Mai	3 Mai	5 Mai	7 Mai	20 April	4 Mai	2 Juni
4 Mai	9 Mai	5-13 Mai	10 Mai	14 Mai	10 Mai	—	—
7-16 Mai	5 Mai	11 Mai	10 Mai	13 Mai	10 Mai	—	—
11-18 Mai	13 Mai	12-15 Mai	14 Mai	17 Mai	17 Mai	23 Apr.?	—
23 Mai	7 Juni	25 Mai	27 Mai	7 Juni	—	1 Juli	11 Juli
24 Juni	21 Juni	8 Juni	18 Juni	26 Juni	—	—	—
8 Juli	—	3 Juli	5 Juli	10 Juli	—	—	23 Juli
16 Juni	17 Juni	23 Juni	17 Juni	17 Juni?	—	—	—
5 Juli	10 Juli	9 Juli	10 Juli	8 Juli	2 Juli	—	—
19 Juni	3 Juni	22 Juni	24 Juni	8 Juni	10 Juni	4 Juli	22 Juli
6 Juli	13 Juni	23 Juni	20 Juni	14 Juni	24 Juni	16 Juli	—
15 Juli	—	13 Juli	18 Juli	5 Aug.	—	17 Aug.	17 Sept.
23 Juli	—	23 Juli	2 Aug.	4 Aug.	—	20 Aug.	—
27 Juli	—	3 Aug.	5 Aug.	12 Aug.	30 Aug.	12 Aug.	14 Sept.
1 Sept.	—	10 Sept.	—	1 Sept.	—	—	—
26 Sept.	—	8 Sept.	9 Sept.	20 Sept.	1 Sept.	—	—
15 Oct.	—	18 Oct.	—	24 Oct.	—	—	—
20 Oct.	—	25 Oct.	29 Oct.	16 Nov.	—	—	—
19 Nov.	—	20 Sept.	20 Sept.	10 Sept.	15 Sept.	—	—
17 Nov.	—	18 Nov.	18 Nov.	25 Oct.	22 Sept.	—	7 Sept.

Verzeichniss der Beobachtungs-Stationen,

(nach der a. Höhe geordnet).

A. Alpen

(sammt den Stationen in Schaffhausen).

Aarau (1128′). Beobachter: Herr Heinrich Zschokke bis Juni 1848, nachher Herr Dr. Th. Zschokke.

Schaffhausen (1222′). Beobachter: Herr J. C. Laffon, Apotheker.

Zürich (1270′). Beobachter: Herr Prof. Heer. Herr Prof. Landolt. Herr Gelstorf.

Küssnacht am Zürchersee (1270′). Beobachter: Herr Kohler, Seminarlehrer.

Frauenfeld (1290′). Beobachter: Herr Karl Stein, Apotheker.

Rafz, Kt. Zürich (1293′). Beobachter: Herr Dr. Graf. Sehr sorgfältige Beobachtungen.

Marbach, Kt. St. Gallen (1300′). Beobachter: Herr G. K. Zollikofer, Pfarrer.

Eigenthal, Kt. Zürich, bei Berg a/I (1323′). Beobachter: Junker Escher von Berg.

Niederurnen, Kt. Glarus (1330′). Beobachter: Herr Pfarrer Trümpi.

Winterthur, Kt. Zürich (1360—80′). Beobachter: Herr Dr. Troll.

Hüttwilen, Kt. Thurgau, ganz südliche Lage (1380′). Beobachter: Herr B. Benker, Pfarrer.

Vinez, bei Erlach, Kt. Bern (1400′). Beobachter: Herr S. Studer, Pfarrer.

Sevelen, Kt. St. Gallen, im Rheinthal (1428′). Beobachter: Herr J. J. Burgäzzi, Med. Dr.

Mettmenstetten, Kt. Zürich, in günstiger, gegen Süden offener Lage (1460′). Beobachter: Herr J. Jak. Stutz, Sekundarlehrer.

Bischofzell, Kt. Thurgau (1551′). Beobachterin: Frl. Wilhelmine Pupikofer (durch Vermittlung des Herrn Dekan Pupikofer).

Mitlödi, Kt. Glarus, mit 5 Stunden und 10—11 Stunden Sonnenschein an den kürzesten und längsten Tagen (1594′). Beobachter: Herr Samuel Heer, Pfarrer.

Eichberg, Kt. St. Gallen (1644′). Beobachter: Herr Pfarrer Rechsteiner.

Hof Wisler, bei Bökten, Kt. Basellandschaft; gegen Süden gelegen (1710′). Beobachter: Hr. Felix Weiss im Hof Wisler.

Malans, Kt. Graubünden, in günstiger, gegen Süden gekehrter Lage (1718′). Beobachter: Herr Ambr. Rudolf Amstein, Lieutenant.

Thun, Kt. Bern (1730′). Beobachter: Herr C. Fischer-Ooster.

Bibern, Kt. Schaffhausen (17—1800′?). Beobachter: Herr Georg Bührer, Lehrer.

Opfershofen, Kt. Schaffhausen; auf einer Terrasse eines nördlichen Bergabbanges gelegen (1748').
Beobachter: Herr Franz Jmthurn, Lehrer.

Kappel, Kt. Zürich; in günstiger Lage, gegen Süden offen (1760'). Beobachter: Herr C. Stucki, Lehrer.

Breitenau, bei Bern; dem Nord- und Ostwinde sehr ausgesetzt (1792'). Beobachter: Herr v. Greyerz, Forstinspektor.

Lohn, Kt. Schaffhausen; auf einer kleinen, etwas gegen Süden geneigten Hochfläche, gegen Osten, Süden und Westen offen, im Norden von Wald begränzt (1970'). Beobachter: Herr Alexander Beck, Pfarrer. Sorgfältige Beobachtungen! Die werthvollen meteorologischen Notizen konnten hier nicht berücksichtigt werden.

Hüfingen, Grossherzogthum Baden (2166'). Beobachter: Herr Gebhardt, Oberinspektor.

Menzingen, Kt. Zug; Hügel- und Berggegend mit theils südlicher, theils nördlicher Abdachung; Sonnenschein an den kürzesten und an den längsten Tagen circa 8 und circa 16 Stunden (2480'). Beobachter: J. M. Zürcher, prakt. Arzt.

Matt, Kt. Glarus, im Kleinthal (2560'). Beobachter: Herr R. R. Bäbler.

Disentis, Kt. Graubünden, mit $4\frac{1}{2}$ und 14 Stunden Sonnenschein am kürzesten und am längsten Tage (3800'). Beobachter: Herr Dr. Condrau.

Davos, Kt. Graubünden (4790'). Beobachter: Herr J. G. Am Stein, Med. Dr.

Nufenen, Kt. Graubünden, am Hinterrhein, auf der Sonnenseite gelegen (5000'). An den kürzesten Tagen scheint die Sonne circa $2\frac{1}{2}$, an den längsten bis 14 Stunden. Beobachter: Herr Joh. Fr. Felix, Pfarrer. Die mehrjährigen Thermometerbeobachtungen konnten vorläufig, da die Verzeichnisse der Vegetationserscheinungen nur zwei, dazu sehr ungleiche Jahrgänge umfassen, nicht die verdiente Berücksichtigung finden.

Scanf, Kt. Graubünden, im Oberengadin (5086'). Beobachter: Herr Johann R. a Porta V. D. M.

Bevers, Kt. Graubünden, im Oberengadin (5270'). Beobachter: Herr Joh. L. Krättli, Lehrer. Zuverlässige Angaben, mehrjährige Thermometerbeobachtungen!

B. Jura.

NB. Es sind hier nur diejenigen Stationen angeführt, welche zu den in Thurmanns „Phytostatique" pag. 288—290 erwähnten neu hinzugekommen sind.

Bellerive, in der Nähe von Delémont; schattige Lage (1293'). Beobachter: Herr Quiquerez, inspecteur des mines.

Lugnez, im bernerischen Distrikt Porrentruy; offene, sonnige Lage (1310'). Beobachter: Herr Voillat.

Damphreux, Distrikt Porrentruy; Lage wie Lugnez (1324'). Beobachter: Herr Henri, Lehrer.

Neuveville, am Bielersee; am Fusse einer Hügelkette, gegen Süden offen; früher Sonnenuntergang (1355'). Beobachter: Herr Prof. Gibollet und Herr Prof. Crisely.

Glovelier, Distrikt Delémont; Lage südlich, enges Thal (1370'). Beobachter: Herr Gindrat, Lehrer.

Bressaucourt, Distrikt Porrentruy, am nördlichen Fusse des Monferrible (1644'). Beobachter: Herr Jolissaint, Brigadier forestier.

Cortébert, im St. Immerthal; Lage sehr dominirt; am längsten Tag 14½, am kürzesten circa 5 Stunden Sonnenschein (2220'). Beobachter: Herr Gautier, Lehrer.

Diesse, Distrikt Neuveville; am südlichen Fusse des Spitzberg in ziemlich offener Lage. Beobachter: Herr Lamon, Pfarrer.

SCHEMA

zu Beobachtungen über die periodischen Erscheinungen in der Natur.

Name des Beobachters . . . .
Ort der Beobachtung . . . .
Höhe des Ortes über Meer . . .
Lage zur Sonne; wie lange scheint die Sonne an den kürzesten, wie lange an den längsten Tagen . . . .
Jahrgang 18 . . . . . .

Gegenstände der Beobachtung:	*Zeit der Beobachtung; Monat und Tag:*
1. Schneeschmelze; wann der Boden im Frühling vom Schnee befreit .	
2. Letzter Schnee im Frühling . .	
3. Letzter Frost (Reif) . . .	
4. Begrünung der Wiesen . . .	
5. Aufbrechen der Blüthen der Haselnuss	
6. Blühen des Huflattichs (Tussilago farfara)	
7. Blühen des Seidelbastes . .	
8. Ankunft der Störche . . .	
9. Ankunft der Drosseln . . .	
10. Blühen der Kornelkirsche (Cornus mascula, Thierlibaum) . . .	
11. Blühen des Märzveilchens (Viola odorata)	
12. Blühen der Primula elatior (gelben Schlüsselblümli, Hentscheli) .	
13. Blühen der Pfirsiche . . .	
14. Ausschlagen der Rosskastanie . Allgemeine Belaubung . . .	

Gegenstände der Beobachtung:	Zeit der Beobachtung; Monat und Tag:
15. Blühen der Kirschbäume . .	
16. Ausschlagen der Buchen . .	
Allgemeine Belaubung . .	
17. Erstes Rufen des Kukuks . .	
18. Erstes Quacken der Frösche .	
19. Ankunft der Hausschwalbe . .	
20. Blühen der Birnbäume . . .	
21. Blühen der Apfelbäume . .	
22. Erstes Fliegen der Maikäfer . .	
23. Blühen der Wintergerste . .	
24. Blühen des Roggens . . .	
25. Blühen des Korns (Triticum Spelta)	
26. Blühen der Sommergerste . .	
27. Blühen des Hafers . . .	
28. Blühen der Kartoffeln . . .	
29. Blühen der Weinrebe . . .	
30. Blühen der Primula viscosa . .	
31. Blühen der Alpenrose . . .	
32. Blühen der weissen Lilie . .	
33. Blühen der Linde	
34. Anfang der Heuernte . . .	
35. Erste reife Kirschen . . .	
36. Fruchtreife der Wintergerste . .	
Tag des Ernte-Anfangs . . .	
37. Fruchtreife des Roggens . . .	
Tag des Ernte-Anfangs . . .	
38. Fruchtreife des Korns und Weizens .	
und Tag des Ernte-Anfangs .	
39. Fruchtreife der Sommergerste .	
Tag des Ernte-Anfangs . . .	
40. Fruchtreife des Hafers . . .	
Anfang der Ernte	
41. Blühen der Herbstzeitlose . .	
42. Abzug der Störche	
43. Abzug der Schwalben . . .	
44. Anfang der Entfärbung der Buchen	
45. Anfang der Weinlese . . .	
46. Erscheinen der Schneegänse . .	
47. Blattfall der Buchen vollendet . .	
48. Erster Frost (Reifbildung) . .	
49. Erster Schnee	
50. Eingeschneit	
51. Wie lange war der Boden gefroren?	
52. Wie tief am tiefsten? . . .	

Bemerkungen zu umstehendem Schema:

Zur Erzielung grösserer Gleichförmigkeit in den Beobachtungen ist es durchaus nöthig, sich dabei an folgende Regeln zu halten:

1) Bei mehrjährigen Beobachtungen über Belaubung, Blüthenbildung und Fruchtreife muss stets der nämliche Baum (oder die nämliche Gruppe von gleichartigen Bäumen), die nämliche Wiese, das nämliche Feld etc. zur Beobachtung gewählt werden.

2) Notirt wird stets der Anfang der Vegetationsphänomene, also das Erscheinen der ersten offenen Blüthen, der ersten reifen Früchte etc. Es ist jedoch wünschbar, dass auch die volle Blüthe, die allgemeine Fruchtreife etc. in die Verzeichnisse aufgenommen werden.

3) Wenn Beobachtungen über Begrünung und Entfärbung der Buchen an Wäldern gemacht werden, die vielleicht einige hundert Fuss über dem Beobachtungsorte liegen, so muss diese Höhendifferenz mit angegeben werden.

4) Unbestimmte Angaben, wie »gegen Ende März«, »schon im März« u. dgl. sind zu vermeiden. Der Beobachter ist gewiss eher im Falle, ein bestimmtes Datum zu setzen, als der Bearbeiter der Beobachtungen, der die Verzeichnisse erst nach Jahren zu Gesichte bekommt.

Zu bemerken ist ferner, dass die Nummern 51 und 52 des Schemas bisher zu wenig berücksichtigt und dadurch zwei wichtige Vergleichungspunkte fast allgemein vernachlässigt wurden. Ein paar Daten sind hinreichend, um die Frage Nr. 51, und eine Nachfrage beim Todtengräber, wenn sonst keine Gelegenheit sich bieten sollte, um die Frage Nr. 52 zu beantworten.

Es sind übrigens auch lückenhafte Verzeichnisse, wenn sie nur die wichtigsten Vegetationsepochen enthalten und dabei mehrere Jahre umfassen, immerhin sehr werthvolle Beiträge zur Erforschung der periodischen Erscheinungen der Natur.

Erklärung der Tafel.

Bei der graphischen Darstellung der periodischen Erscheinungen in den Alpen wurde der Eintritt der Vegetationsepochen durch Punkte bezeichnet, deren Lage sowohl der absoluten Höhe des betreffenden (am Rande bezeichneten) Ortes, als auch dem in den Tabellen gegebenen Datum für die bezeichnete Erscheinung entspricht. Die Verbindung dieser Punkte durch Gerade gab das vorliegende System von Zickzacklinien, von denen jedoch einige schon eine ziemlich gleichförmige Neigung haben. (Vgl. die Einleitung).

Auf dem gleichen Principe beruht die Construction der Linien, welche den Eintritt der Schneeschmelze und die Bildung der Schneedecke am Nordabhang des Säntisgebirges darstellen. Bei der Dauer der Schneedecke dagegen wurde die Höhe von 2000′, wo die Schneedecke 66 Tage dauert, als Vergleichungspunkt oder Nullpunkt angenommen und sodann der Ueberschuss in der Tageszahl auf jeder folgenden Höhenparallele von der durch den Nullpunkt gebenden Vertikalen aus nach rechts aufgetragen (1 Monat = 30 Tag).

Auf die starke Neigung der Linie zwischen 2000 3000 und zwischen 7000—7500′, die in unserer Figur wegen der verhältnissmässig kleinen Entfernung der Höhenparallelen besonders deutlich hervortritt, muss ich hier mit einigen Worten zurückkommen. Ich wurde erst bei nochmaliger Prüfung dieser auffallenden Verhältnisse darauf aufmerksam, dass die Beobachtung der Bewegungen der Schneelinie für die Dauer der Schneedecke (resp. für den Eintritt der Schneeschmelze und die Bildung der Schneedecke) in den höchsten und niedersten Regionen unmöglich ganz genaue Resultate liefern kann. Weil nämlich die Schneelinie in heissen Sommern hoch über die Säntisspitze hinaussteigt und dann für den Beobachter verschwindet, im Winter dagegen regelmässig unter das Niveau des Bodensee's vorrückt und dann ebenfalls nicht weiter verfolgt werden kann, so wird die berechnete mittlere Höhe der Schneelinie für diejenigen Tage, an welchen sie in einzelnen Jahrgängen die eine oder andere jener beiden Grenzen überschritten hatte, für niedere Regionen zu gross, für hohe zu klein ausfallen müssen, indem im einen Falle die tiefsten, im andern die höchsten Grenzwerthe fehlen. Das ist auch der hauptsächlichste Grund, warum die Neigung der Linie in der Nähe der beiden Grenzen so auffallend gross ist.

Berichtigungen.

Seite 16, Zeile 19 von oben: statt fällt, lies: erscheint.

„ 17, „ 12 von oben: statt Beobachter, lies: Bewohner.

„ 32, Anmerkung, lies: Die 34 Jahre umf. Beob. in Rafz.

In Tab. II pag. 41 müssen zu den als „Fortsetzung" gegebenen Daten die in der obern Hälfte bezeichneten Jahrgänge in gleicher Reihenfolge als erste Colonne hinzugedacht werden.

Die auf der obern Hälfte der S. 42 und 43 stehenden Daten gehören selbstverständlich alle zu Tab. III; die Daten der untern Hälfte jener beiden Seiten zu Tab. IV.

Das auf pag. 46 und 47 mitgetheilte Formular ist das nämliche, das auch den bisher angestellten (für diese Abhandlung benutzten) Beobachtungen zu Grunde gelegt wurde.